COURTEMPIERRE

1357-1889

COURTEMPIERRE

—

1357-1889

—

COURTEMPIERRE, modeste village du Loiret, est situé au confluent du petit et du grand Fusain, cours d'eau tributaires du Loing. Ses nombreux hameaux s'étendent sur plus de six kilomètres dans la vaste plaine qui sépare Château-Landon de Montargis. Ses habitants, au nombre de quatre cents environ, s'adonnent uniquement aux travaux champêtres. Tous sont propriétaires à divers degrés, et les terriers de la commune, comme les registres de la paroisse, témoignent de leur attachement au sol natal. Les mêmes noms et prénoms s'y succèdent avec les générations, et telle famille s'abrite encore sous tel toit depuis plusieurs siècles.

Le nom bizarre de *Courtempierre* n'a pas d'étymologie certaine. Les *savants* prétendent qu'il faut en faire *Curia domini Petri*, parce que l'église est dédiée à saint Pierre. Les *naïfs* croient qu'il fut imposé par l'admiration des villageois pour la *Cour pavée* du château. Nous renonçons à les mettre d'accord.

Le chœur de l'église appartient au style roman primitif, et la nef au style ogival naissant du XIIᵉ siècle. Sur le toit s'élève un campanile en pierre, percé de deux baies à jour en plein cintre, où jadis s'agitaient les deux cloches. Ce singulier ornement a l'honneur de figurer dans le bel ouvrage d'Edmond Michel : *Les Monuments du Gâtinais;* il y forme la planche n° XIX.

Courtempierre possède les ruines d'un aqueduc souterrain remontant à l'occupation romaine, et parfois les fouilles d'un champ amènent au jour des médailles ou des débris de poterie datant de la même époque; découvertes qu'explique le voisinage de *Vellaunodunum,* retrouvé par l'abbé Cosson sur le territoire de Sceaux, commune limitrophe de Courtempierre. En 1879, un profond labour fait dans le parc du château mit à découvert six larges pierres grossièrement taillées, rangées autour d'un bloc de forme pyramidale. Quelques archéologues ont conclu à l'existence sur ce point d'un cimetière gallo-romain, hypothèse des plus vraisemblables si on la rapproche d'un passage des *Recherches historiques sur l'Orléanais,* où l'abbé Patron indique que les murs du parc de Courtempierre furent bâtis avec les débris de *Vellaunodunum.* Il est d'ailleurs certain que notre plaine fut habitée à une époque fort reculée. Des abris préhistoriques ont été découverts dans les marais de Corbeilles, et la pierre druidique des marais de Sceaux est connue de tous les savants versés en pareille matière.

A côté de l'église de Courtempierre, s'élève un château de récente apparence et qui a pourtant une vieille histoire. Quelques détails d'architecture, une porte cintrée, plusieurs fenêtres sculptées dans la pierre dure, des chapiteaux encore encastrés dans la muraille, la forme contournée du perron, un caveau soigneusement voûté rappellent les gloires du passé. Le mauvais goût de propriétaires trop modernisants s'est, hélas! attaqué aux souvenirs laissés par leurs prédécesseurs.

La lecture de vieilles paperasses, heureusement conservées au milieu de contrats plus récents, nous a inspiré le désir de reconstituer la généalogie des châtelains de Courtempierre. Nous avons, pour compléter nos recherches, puisé d'une part dans les archives du château de Palley, très gracieusement prêtées par ses propriétaires, et de l'autre dans celles de la ville d'Orléans, dépouillées à notre demande par d'obligeants correspondants. Les principaux fonds des Bibliothèques de Paris et des Archives Nationales, les registres paroissiaux des communes environnantes et les intéressantes communications de savants archéologues de notre voisinage ont aussi fourni leur contingent à notre monographie. La source de nos petites trouvailles est donc des plus authentiques.

Jusqu'à la Révolution de 1789, Courtempierre était du diocèse de Sens, de l'intendance de Paris, de l'élection de Nemours, du bailliage de Château-Landon et du grenier à sel de Montargis. L'archevêque de Sens avait le droit de nommer le curé. La cure avait un revenu de 600 livres. (Pouillé de 1695.)

Notre plus ancienne archive remonte à l'an 1357. Les seigneurs de Courtempierre se reconnaissaient, dès cette époque, vassaux des seigneurs de Palley (ou Pallay).

Anciennement la terre de *Pallay* était aux Templiers, et là estait un magnifique hospital, (car ainsi s'appeloyent les maisons des Templiers), duquel l'on voit encore aujourd'huy la

place sur laquelle a esté rebasti le Chasteau... Philippes-le-Bel
les fit tous mourir en France et confisqua leurs biens, dont
Pallay estait un des beaux et riches hospitaux; et donna ledit
roy Philippes ladite terre à certains Gentilshommes nommés
Charnier pour récompense des services qu'ils avaient rendus
aux Roys en leurs voyages de Hiérusalem sous Philippes de
Valois. Desdits chevaliers, la terre fut acquise par les Amer,
dont le premier fut Pierre Amer, descendu de Roulet Amer,
Allemand et ambassadeur de l'Empereur en France, sous le
roy Charles VI [1].

Nous ignorons, à notre grand regret, comment et
depuis quand la seigneurie de Courtempierre s'était
constituée, et par quelle suite de circonstances elle
appartenait à *Étienne de Ferrant* [2]; mais nous
voyons ce seigneur rendre aveu à Jean Charnier,
seigneur de Palley, l'an 1357 : « pour masure et
terrain. » Le parchemin porte cette annotation :

NOTA. — Qu'il n'est pas fait mention dans ledit aveu de la
la *maison* de Courtempierre, d'autant qu'aux temps elle n'était
construite.

En l'an 1472, les *Amer* ont remplacé les Charnier
à Palley, et la ligne mâle de la famille de Ferrant
s'éteint à Courtempierre.

L'aveu suivant est rendu par *Ameline de Ferrant*
et *Guyot de Soupplainville*, son époux, seigneur
de Courtempierre, le 14 juin 1472 :

---

1. La disette de renseignements sur l'origine de notre seigneurie pro-
vient des déprédations commises au XVIe siècle par les armées de Coligny.
Toutes les archives du bailliage de Château-Landon furent alors détruites;
les quelques pièces que nous possédons ont été sauvées parce qu'elles se
trouvaient entre les mains des seigneurs suzerains.

2. Dom Morin, *Histoire du Gastinois*, page 584.

C'est ce que Guyot de Soupplainville tient et avoue à tenir en fief de Guillaume le Vicomte, seigneur de la Bruyère, c'est à savoir douze arpents séant à la Pierre du Puys, tenant à Jean de Longueau[1] et au prieur de Mers.

C'est ce que damoiselle Ameline de Ferrant tient et avoue à tenir en fief de noble homme Pierre Amer, écuyer, seigneur de Palley, c'est à savoir les choses qui ensuivent séant en les paroisses de Sceaux et de Courtempierre :

Premièrement, en la paroisse de Courtempierre : 11 journées de terres gaignables ; deux masures et demie, lesquelles doivent 6 sols de taille et 5 muids de seigle de moisson ;

Item, le quart de toute la dîme, excepté le droit de l'église, et un muid de cervoise que les moines de Fontaine-Jean ont sur un quart ;

Item, 9 masures en la paroisse de Sceaux et la moitié des Moulins de la Ville, séant sur la rivière de Fusain, lesquels doivent 9 boisseaux et 16 deniers de taille et 9 septiers de cervoise à la mesure de Château-Landon et 9 chapons et 18 deniers en oublies.

En la présence de mon assesseur, Mollet, homme de loix, doyen de Ferrières, certifie que Mre Pierre Amer, seigneur de Palley, a reçu à foy et hommage Guyot de Soupplainville, écuyer, de tout ce qu'il peut tenir de lui audit foy et hommage à raison de son hostel et seigneurie dudit Palley ; et, pour ce que ledit seigneur de Palley était en Languedoc et alors a paru ne pouvoir bailler audit Soupplainville l'acte de son aveu et de la réception, lui promit bailler audit Soupplainville l'acte signé de sa main et scellé du scel de ses armes, témoingt mon seing manuel cy-mis les an et jour décrits. Ainsi signé, Mollet.

Les *Moulins de la Ville*, mentionnés dans cet aveu, avaient été construits sur l'emplacement de Vellaunodunum, et leur nom conservait le souvenir traditionnel de la cité gallo-romaine.

---

1. Aujourd'hui Londeau (à 2 kilomètres du château de Courtempierre).

Symon Amer succède à Pierre, son père, en 1476, et Guyot de Soupplainville doit renouveler son aveu le 26 janvier de ladite année. Le seigneur de Courtempierre était alors fort bien vu en haut lieu :

Après l'exécution de Jacques d'Armaignac, duc de Nemours, décapité en 1477 pour crime de lèse-majesté, son duché fut confisqué et donné à plusieurs seigneurs, particulièrement les ville et chastellenie de Chasteau-Landon, qui furent données à un nommé *de Soupplainville, chambellan du Roy Louys XI et bailly de Montargis.*

Or est-il que de Jacques d'Armaignac et Louyse d'Anjou étaient issus Jean et Louys d'Armaignac et des filles. Lesquels enfants furent depuis remis au duché dudit Nemours... Finalement Jean d'Armaignac transigea pour Chasteau-Landon avec ledit Soupplainville, l'an 1491 [1].

Nos archives particulières nous apprennent qu'en reconnaissance de cette transaction :

Jean d'Armaignac promet garantir à perpétuité audit Soupplainville, ses hoirs et ayant-cause, tout droit de justice haute, moyenne et basse qui peut compéter et appartenir audit duc de Nemours à cause de la chastellenie de Chasteau-Landon avec tous droicts qui en dépendent. C'est à savoir es-lieux de *Courtempierre*, de *Longueau* en la paroissse dudit Courtempierre, de *la Rivière*, en la paroisse de Sceaux, de *Montdru* en la paroisse de Pannes, de *Hautbois* en la paroisse de Villemoustier, de *Pannetons* en la paroisse de Chapelon, tenus dudit Soupplainville tant à foy et hommage qu'à cens, rentes, tailles, corvées, oublies, champarts et autres redevances.

Le sire de Courtempierre était, on le voit, devenu gros propriétaire, et l'étendue de ses domaines mesurait au moins cinq lieues carrées !

1. Dom Morin, *Histoire du Gastinois*, page 327.

De toutes les acquisitions faites depuis l'aveu de 1472, nous ne retrouvons que le contrat du fief de *Longueau*, vendu par un sieur Odet de Molineff à Guyot de Soupplainville, par-devant Aubert, notaire à Montargis, le 1er juillet 1482.

En 1489, nouvel aveu de Guyot de Soupplainville à Symon Amer à cause de ses maison, *manoir*, *métairie*, *colombier*, garenne, rivière, justice, dîme, etc. D'importantes constructions avaient donc été élevées depuis l'aveu précédent. Le *colombier* existe encore. Ses belles dimensions et le clocheton octogonal qui termine son toit caractérisent le *colombier seigneurial*, considéré jadis comme une très lucrative prérogative des propriétaires nobles.

L'an 1500 est la date la plus glorieuse de notre histoire :

Parti de Lyon le 21 juillet 1500, le roy Louis XII passe à Roanne, Marcigny-les-Nonnains, Cosne, tire droit à Châtillon, Montargis, *Courtempierre* et, là, séjourna par l'espace de quinze jours, passant le temps à la chasse aux cerfs. Le douzième jour du mois d'août, le Roy fut aux champs chasser un grand cerf ; il fait une chute, se rompt une épaule. On le transporta à Montargis d'où il partit pour Puiseaux, le 18[1].

Nos successeurs pourront (peut-être) avoir aussi l'honneur d'héberger un hôte royal, mais ils ne lui feront certainement pas courre le cerf ; depuis plusieurs siècles, les plaines du Gâtinais abritent à peine quelques lièvres.

---

1. Chronique de Jean d'Auton, tome Ier, page 236, et pièces fugitives du marquis d'Aubrais. tome Ier.

La fin tragique de sa chasse laissa sans doute à Louis XII un mauvais souvenir de notre pauvre pays. Mais nous pouvons deviner avec quel orgueil le sire de Soupplainville faisait à ses pairs le récit d'une aussi mémorable hospitalité. Les veillées des châteaux avoisinants en furent défrayées durant plusieurs semaines.

En 1511, les bons rapports cessent entre Palley et Courtempierre. *Guillaume de Soupplainville* a remplacé Guyot, son père, et il se montre vassal réfractaire.

Pierre Amer fait saisir la seigneurie de Courtempierre et nous allons voir les procédures s'aigrir en s'éternisant pendant plus d'un siècle.

Guillaume et ses successeurs, estimant avec le proverbe « qu'il vaut mieux avoir affaire au bon Dieu qu'à ses saints », vont désormais soutenir qu'ils relèvent directement du duché de Nemours et ne plus faire d'aveux aux sires de Palley. Ceux-ci ne se lasseront point de protester contre cette prétention en saisissant invariablement la seigneurie de Courtempierre chaque fois qu'un décès ou un mariage donnera lieu à des droits seigneuriaux. Prenant fait et cause pour les seigneurs de Courtempierre, les baillis et le procureur général du Roy feront donner mainlevée de la saisie, et le procès recommencera de plus belle, jusqu'à ce que la question de mouvance soit souverainement résolue, ce qui nous mènera jusqu'à l'année 1639. Les termes ultrà-abstraits de la vieille procédure sont entremêlés de citations latines; l'empereur *Valentinien* lui-même est mis en cause. Les demandeurs prêtent aux fiefs en litige une valeur sans cesse croissante, et les défendeurs déprécient, par contre, autant que possible, leur propriété. Pour éviter de fastidieuses redites, nous ne citerons que les pièces les plus intéressantes de cet interminable débat.

Guillaume de Soupplainville meurt en 1529 sans laisser de descendance mâle, et sa fille *Catherine*, *épouse de Jean du Moustier, seigneur de Sara-gosse*¹, conseiller et maître d'hôtel ordinaire d'Éléonore d'Autriche, seconde femme de François Iᵉʳ, hérite de Courtempierre.

La querelle, commencée en 1511, continue entre les frères *Philippe et Louis Amer*, héritiers de Pierre, leur père, et *Jean du Moustier*.

Sur un refus de foy et hommage, les seigneurs de Palley arrivent en personne saisir la terre de Courtempierre; une pièce de procédure raconte ainsi l'accueil qui les y attendait :

Ledit du Moustier, leur vassal, les fait emprisonner par ses gens, de son auctorité privée, avec injure et violence, dans sa maison propre, dans son estable. Ceci montre avec quelle violence les seigneurs de Courtempierre traitent les seigneurs du fief lorsqu'ils saisissent cette terre mouvante d'eux, comme aussi qu'il n'y a aucune prescription.

Jean du Moustier dut choisir un bon avocat; il avait d'ailleurs pour lui les gens du Roy. Aussi, nonobstant l'irrévérence de ses procédés, le bailli de Nemours lui accorde *mainlevée*, pour qu'il jouisse par *main souveraine* de sa propriété (1534).

---

1. Ne cherchons pas ce fief de Saragosse *tras los montes :* il était situé en Berry.

En 1535, une sentence rendue par le bailli de Château-Landon déclare la seigneurie de Courtempierre mouvant du duché de Nemours, sauf d'insignifiantes restrictions. Les frères Amer interjettent appel de cette sentence près du Parlement de Paris et obtiennent provisoirement une ordonnance royale qui consacre (platoniquement) les rapports de suzerain à vassal, sans décider (et là était le point capital) qui, dans l'*espèce*, était le suzerain et qui le vassal.

François, par la grâce de Dieu, Roy de France, au premier huissier de notre Cour de parlement, salut. De la partie de nos *amés* Philippe et Louis Amer, seigneurs de Palley, nous a esté exposé qu'ils ont plusieurs belles terres et seigneuries qui sont tenues et mouvant d'eux tant en fief comme en censive; aussi ont plusieurs vassaults hommes-liges, lesquels sont refusant de leur faire les foy et hommage et payer les droits et devoirs qu'ils sont tenus. Lesdits exposants ont intention de faire saisir lesdites terres; mais se doubtant que les détenteurs veulent *légèrement enfraindre* leurs mainmises, si en icelles *confortant* la nôtre n'y estait mise et apposée... faisons assavoir à tous ceux qu'il appartiendra qu'ils ne soient si osés, ni si hardis d'enfraindre notre mainmise... auxquels nous mandons qu'auxdits exposants fassent bon et brief droit, car ainsi nous plaît-il estre fait, nonobstant quelconques lettres subreptices à ce contraires. Donné à Paris, le 21e jour de juin de l'an de grâce 1536 et de notre règne le vingt-deuxième. FRANÇOIS.

L'ordonnance de François Ier ne pouvait empêcher le procès de suivre son cours.

En ce temps-là, les moines de saint Augustin possédaient à Château-Landon la magnifique abbaye de Saint-Séverin, dont nous admirons encore les restes si imposants. Par de puissantes protections, plus sans doute que par les mérites de son candidat,

Jean du Moustier obtint la commende de l'abbaye
pour son fils.

Piere-Jean du Moustier, commendataire, prist possession, le
vingt-septième aoust 1541, de la maison de Saragosse en Es-
pagne (erreur, voir la note page 11). Protonotaire du Saint-
Siège, fils du seigneur de Courtempierre, capitaine de Chasteau-Landon, il traicta mal les religieux. Après plusieurs
procèz tant à la Cour qu'au grand Conseil, l'an 1547, fut faite
la partition avec l'Abbé et les Religieux de la manse. Ledict
Moustier devint hérétique du temps de la duchesse de Ferrare,
à Montargis; il voulait faire tenir le presche dans une gallerie
du logis abbatial; mais, par un temps serein, survint un coup
de tonnerre, et à l'instant la foudre tomba sur ce lieu, qui les
escarta; mais la saincteté du lieu et les mérites du sainct Patron
leur donna espace et temps de pénitence, et personne ne fut
tué. Le feu brusla la gallerie. Toutefois du Moustier mourust
hérétique et *est enterré dans le jardin de la maison de Cour-*
tempierre. De son temps, l'an 1567, l'armée du Prince de
Condé vint à Chasteau-Landon, dont tous les religieux fuirent
à l'exception de trois qui furent massacrés [1].

Il est évident qu'un hérétique ne pouvait être
inhumé ni dans l'abbaye de Saint-Séverin, ni dans
le cimetière consacré de sa paroisse natale; mais son
frère *Louis*, devenu, en 1548, seigneur de Courtempierre, par la mort de leur père, Jean du Moustier,
n'osa pas refuser à ce malheureux corps une sépul-
ture laïque dans quelque coin, resté inconnu, du
domaine paternel.

De Louis du Moustier, nous savons peu. On lit
dans un vieux recueil des *Coustumes de Bar, Sens*
et Paris :

Le 3 novembre 1555, Christofle de Thou, président, Chris-

---

1. Dom Morin, *Histoire du Gastinois,* page 379.

tofle de Harlay et Barthélemy Faye, Conseillers du Roy en sa Court de Parlement, envoyés par Henry II, par la grâce de Dieu Roy de France, sommes arrivés en la cité de Sens pour procéder à la rédaction des coustumes du bailliage dudict Sens et anciens ressorts d'iceluy. Et le lendemain, nous sommes transportés en la grande salle du couvent des Jacobins, dudict Sens, pour procéder à ladicte rédaction.

Maistre Noël Moncourt, Advocat du Roy, a dict que, suivant le commandement qu'il en avait reçu, il avait faict donner assignation aux Gens des trois Estats dudict bailliage, et se sont présentés ceulx qui s'ensuyvent...

Le seigneur de Courtempierre fait partie de la nomenclature du second Estat.

Louis du Moustier avait épousé *Adrienne de la Chapelle*. Leur fils, *Pierre du Moustier*, épousa *Anthoinette de la Vallée;* il laissa des filles et un fils posthume.

Le 14 juillet 1571, Pierre Amer, seigneur de Palley, accordait des lettres de souffrance

A damoiselle de la Vallée, tant en son nom que comme ayant la *garde-noble* des enfants mineurs de son défunt mari, jusqu'à ce qu'ils soient en âge de porter les foy et hommage pour les seigneuries leur appartenant.

Ces enfants mineurs disparaissent avant leur majorité, et, en 1573, leur tante *Catherine Béatrix*, fille de Louis du Moustier et d'Adrienne de la Chapelle, investie par leur mort de la seigneurie de Courtempierre

Est poursuivie par Pierre Amer pour un droit de rachat, le fief étant échu par succession de ligne collatérale, et pour un second rachat à cause de son mariage avec Galéas de Saint-

Sevrin, comte de Gaïasse et de Colorne¹, (art. 62 de la coutume de Lorris). Le droit de rachat consiste en la jouissance du revenu d'une année, si mieux le seigneur du fief n'aime se contenter d'une somme de deniers ou de l'estimation qui doit en être faite par deux prudhommes (art. 13 de ladite coutume).

Le comte de Gaïasse quoique « estant de présent devant la ville de La Rochelle » (alors assiégée par le duc d'Anjou, depuis Henri III), chargea un ami, Ymbert Rouillé, d'offrir en son lieu et place foy et hommage au roy Charles IX, afin d'éviter des droits réclamés par Pierre Amer.

Le roi accepta le foy et hommage et accorda une mainlevée le 13 juin 1573.

En 1578, même poursuite à raison du second mariage de Catherine Béatrix avec Claude de l'Isle, seigneur de Marivaulx (art. 46 de ladite coutume de Lorris).

Les nouveaux époux ne devaient pas jouir longtemps de leur seigneurie. On lit dans les registres du bailliage de Nemours :

Pierre Amer, seigneur de Palley, bailly de Nemours, au premier sergent royal dudit bailliage à ce requis, salut. Sur ce que le Procureur du Roy ayant lu les informations et inquisitions générales faites à sa requête en l'étendue de ce bailliage, à l'encontre de ceux de *la nouvelle opinion* et des catholiques, sur l'infraction à l'Édit du Roy touchant la réunion des subjects à l'Église Catholique Romaine, déclaration sur iceluy et autres mandements de Sa Majesté... a requis commission lui être délivrée pour l'exécution desdits mandements.

---

1. Le comte de Gaïasse était Chevalier de l'Ordre du Roy, Capitaine de cinquante hommes d'armes de ses ordonnances, Gentilhomme ordinaire de sa chambre, Colonel des Gardes italiennes, Grand Maréchal de camp de Sa Majesté, seigneur de la tierce partie de la seigneurie de Nibelles et des deux tiers de celle de Bréau (localités voisines de Courtempierre).

Pour ce est-il que nous vous mandons qu'à la requête dudit Procureur du Roy vous *saisissiez et mettiez en la main dudit Seigneur Roy les biens meubles, immeubles assis ex et au dedans de ce bailliage, appartenant à Mre Claude de l'Isle, seigneur de Marivaulx et Courtempierre, de la nouvelle opinion et absent*[1]. Ce fut fait et donné sous le scel aux causes du bailliage de Nemours... le 13e jour de décembre, l'an 1584.

Pour parer le coup qui allait l'atteindre, le sieur de Marivaulx s'était décidé à vendre le domaine de Courtempierre.

Depuis 1357, la transmission de cette seigneurie avait toujours eu lieu par voie d'héritage.

Ameline de Ferrant, héritière des premiers seigneurs connus, l'avait apportée par mariage aux *sieurs de Soupplainville*, en 1472.

Catherine, héritière des Soupplainville, l'apporta par mariage aux *du Moustier* en 1529[2].

---

1. Claude de l'Isle de Marivaulx ne resta pas brouillé avec la royauté et il fut l'un des seigneurs huguenots que Henri III accepta dans son armée pour faire nombre contre les partisans des Guise. Nous lisons dans le *Nouveau Dictionnaire historique de Chandon et Delandine*, publié à Lyon, an XII (1804) :
« Claude de Marolles, maréchal de camp, se signala contre de l'Isle de » Marivaulx en 1589. Celui-ci ayant défié Marolles, le combat se donna » avec grand appareil aux portes de Paris, le lendemain de l'assassinat » du roy Henry III. Marivaulx, capitaine des gardes de ce prince, cherchait » à en venger la mort en défiant au combat quelqu'un de ses ennemis. » Marolles s'offrit; Marivaulx rompit sa lance dans la cuirasse de son » adversaire, qui en fut faussée, et l'autre porta si adroitement son coup » dans l'œil de son ennemi, qu'il y laissa le fer de sa lance jusqu'au tron- » çon, pénétrant jusqu'au derrière de la tête. Le royaliste, renversé par » terre, expira dans un demi-quart d'heure, en proférant ces généreuses » paroles : « Que le plaisir de vaincre aurait été contrebalancé par la dou- » leur de survivre au Roy son maître. » Marolles n'exigea d'autres marques » de sa victoire que l'épée et le cheval du vaincu. »
2. Dom Morin (page 817) et les manuscrits d'Hubert (Archives d'Orléans) mentionnent vers cette époque un *Jean de Conquérant*, seigneur de *Courtempierre*, Minières, Gondreville-la-Franche, etc. Mais, en pré-

Béatrix, héritière de ces derniers, la possédait avec son mari, *Claude de Marivaulx*, en l'année 1585 à laquelle nous arrivons.

L'antique bien patrimonial était donc mis en vente. L'acheteur qui s'offrit portait un nom devenu illustre dans les lettres comme dans l'histoire, et dont le souvenir est resté de tradition dans le pays : nous voulons parler de *Jacques Amyot*, le traducteur de Plutarque, précepteur des enfants de Henri II, évêque d'Auxerre, grand aumônier de France, commandeur de l'ordre du Saint-Esprit, conseiller d'État du Roy.

En 1563, Charles IX vint à Orléans le troisième dimanche après Pâques. Il y fut reçu avec les honneurs ordinaires par tous les corps de la ville. A son entrée à la cathédrale, il fut salué par le doyen, *Jacques Amyot*, qui avait été son précepteur et qui devint sept ans plus tard évêque d'Auxerre [1].

Est-ce en parcourant les environs d'Orléans, comme doyen de la cathédrale? Est-ce en visitant

---

sence des documents irréfutables qui ont servi à notre travail, nous ne pouvons considérer le sieur de Conquérant comme un des propriétaires de Courtempierre. Il empruntait, sans doute, ce titre à quelque fief compris dans la seigneurie. D'ailleurs il existe encore à Lorcy (commune située à 7 kilomètres de Courtempierre) un terroir appelé *Le Conquérant*, souvenir laissé par la famille de ce nom dans notre voisinage. Sur les registres paroissiaux de Corbeilles (commune située à 5 kilomètres de Courtempierre) nous relevons les actes de baptême qui suivent : le 23 mars 1591, fut baptisé Charles, fils de Michel de Randal, seigneur du Lyard et de *Loyse de Conquérant*, etc. Le 25 août 1684, fut baptisé Régné, fils de Aymé de Lalande, escuyer et de *Ysabel de Conquérant*, etc. Les alliances de Loyse et d'Ysabel de Conquérant avec deux seigneurs du voisinage, à près d'un siècle d'intervalle, prouvent une fois de plus le séjour prolongé fait par cette famille dans une seigneurie *proche* de la nôtre. Ainsi s'explique l'erreur de Dom Morin et d'Hubert.

1. *Histoire du Diocèse d'Orléans, par Duchâteau*, doyen de Chéry.

2

les célèbres abbayes de Château-Landon ou de Ferrières que Jacques Amyot connut la seigneurie de
Courtempierre? Les archives du temps sont muettes
à cet égard; mais elles nous ont conservé le contrat
de vente.

Par devant Nicolas Lenoir et Jehan Lusson, notaires au
Châtelet de Paris, furent présents et comparurent en personne,
Révérend père en Dieu, Mre Jacques Amyot, Évêque d'Auxerre,
d'une part, et dame Catherine Béatrix du Moustier, dame de
Courtempierre, femme de Mre Claude de l'Isle de Marivaulx,
Chambellan ordinaire des gardes de feu Monseigneur, frère du
Roy, Capitaine de ses gardes. Lesquels reconnurent avoir fait
ensemble de bonne foi et l'un envers l'autre les échanges,
transport, etc., et tout ce qui en suivra.

A savoir que ladite dame a baillé audit Mre Amyot la terre et
seigneurie de Courtempierre, sise au pays du Gastinois; consistant en manoir seigneurial, haute, moyenne et basse justice,
colombier, basse-cour, granges, étables et autres édifices, jardins, parc, enclos et autres lieux ainsi qu'ils se comportent
selon les clôtures entretenues de murs, haies et fossés.

En 8 vingts livres de censive et chapons et volailles jusques
au nombre de 100, 6 muids de grain de rente foncière, teneur
féodale des fiefs de Monceau et du petit Longueau.

En droit de rivière sur le Fuzain, garennes, buissons, pa-
cages et 100 arpents de terre labourable en une pièce environ-
née de grands noyers alentour. Tous les bâtiments, lieux,
droits et domaines tenus et mouvant du Roy à cause de son
duché de Nemours.

Plus, droits de justice sur les fiefs, terres et paroisses de
Courtempierre et de Treilles, et pareillement sur les hameaux
de La Rivière, de La Brosse, paroisse de Sceaux; sur le hameau de Mondru, paroisse de Pannes et sur quelques maisons
et édifices situés à Panneton, Chapelon et Mignerettes.

Aussi baillé le fief de Longueau qui consiste en manoir, garenne et 6 vingts arpents de terre, tenus en fief du sieur
Dumay, à cause de sa seigneurie de Langesse.

Item, la métairie de Porte qui consiste en manoir clos de fossés, buissons, garennes, prés, pâtures, le tout contenant 8 vingts arpents, tenus en censive du sieur de Fessart.

Item, 16 arpents de prés tenus à censive, dont il y en a 4 en roture.

Item, le moulin de Chollet baillé à rente perpétuelle, à la charge de 24 muids de blé, 40 sols, 12 chapons et quelques anguilles.

Item, la moitié des Moulins de la Ville, mouvant du sieur de Palley.

Item, le champart de La Rivière prélevé sur 35 arpents de terre.

Item, le droit de dîme sur la paroisse de Courtempierre, à la charge du *gros* du curé.

Item, la tierce partie du fief de Grassot, qui consiste en 9 arpents de terre, 3 quartiers d'aulnes, 3 arpents de pré, 40 sols de censive, 2 setiers de grain et 2 poules, mouvant du sieur de Gélain.

Item, une maison, grange, étable, cellier, jardin avec 8 arpents de vigne sis à Beaumont.

Item, la terre de Bréau en la paroisse de Corbeilles, consistant en maison, grange, étable, cour, jardin, pré, pâturage, terres labourables, environ 6 vingts arpents, le tout mouvant du Roy à cause de Chasteau-Landon; plus la tierce partie des droits de justice de Corbeilles.

Item, 30 arpents de bois taillis à Morveau, mouvant comme dessus.

Item, 40 livres de menus cens, 40 volailles, 2 muids de grain de rente de la seigneurie de Bréau avec un droit de dîme de vin, inféodé à la paroisse de Corbeilles.

Item, 2 arpents de vigne blanche de teneur féodale du fief de Treilles et mouvant du fief de Bréau.

Item, le fief Dollibon en les paroisses de Bordeaux et Corbeilles.

En contre échange, ledit Grand Aumônier promet et garantit à ladite dame les rentes ci-après déclarées. A savoir :

400 écus de rente constituée à Mre Amyot par Mre Gilles de

Souvré, par honorables hommes Etienne Dargouges et Samson Marchant, bourgeois de Paris, par devant notaire, le 23 novembre 1582.

300 écus de rente constituée à Mre Amyot par le comte de la Suze et honorables hommes Valentin de Gauron et Denys Camus, avocats à Coulommiers, le 18 juin dernier.

1.183 écus, 20 sols tournois de rente constituée par Gilles de Vivetier, chancelier de France et Albert de Gondy, duc de Retz, et Jean de Bourneaulx, chanoine de l'église Notre-Dame de Paris, le 14 novembre 1566.

250 écus de rente constituée par Louis de Saint-Gelays, sieur de Brisac, capitaine de 100 gentilshommes, et Nicolas de Neuville, sieur de Villeroy.

206 sols de rente constituée par M^re d'Orgemont.

312 sols de rente constituée par Mre Guillaume Lusson, docteur-régent de la Faculté de Médecine de Paris.

Ont icelles parties constitué leur domicile en la ville de Paris : ledit Grand-Aumônier à la maison de noble homme Maître Jean Amyot, son frère, Conseiller du Roy et Auditeur de sa Chambre des Comptes, sise rue de la Cerizaie, paroisse de Saint-Paul ; et lesdits Sieur et Dame de Marivaulx en la maison de Mre Guillaume Lusson, sise rue de la Licorne, près et en paroisse de la Madeleine, pour y être fait tous commandements, sommations, etc. pour l'effet des présentes expéditions.

Fait et passé double avant midi en la maison du Grand-Aumônier, sise dans l'hôpital des Quinze-Vingts à Paris, rue Saint-Honoré, l'an 1585, le mardi 19 novembre. Ont signé :

> Ja. AMYOT, Ev. d'Auxerre.
> De l'ISLE MARIVAULX.
> Catherine du MOUSTIER.
> LENOIR et LUSSON.

En achetant Courtempierre par voie d'*échange*, Jacques Amyot évitait les droits de *quint* et *requint* dus au seigneur suzerain pour tout contrat d'*achat*. De plus, le 20 novembre, le lendemain de la signature de l'acte, il rendait foy et hommage au roi Henri III, par l'intermédiaire de son frère Jean. Aussi le sieur de Palley s'empresse-t-il de fulminer contre la transaction. Sans égard pour le caractère religieux de l'acquéreur, il déclare l'échange frauduleux, refuse le droit de *relief* qu'on lui offrait et prétend saisir la propriété, le 16 juin 1587.

Quelques années plus tard, Jean Amyot, petit-neveu et héritier de l'évêque, criera bien haut que :

Loing que le feu Évêque d'Auxerre puisse être argué de mauvaise foy pour avoir soutenu ne debvoir aucuns droicts de quint et requint ausdits sieurs de Palley à cause de l'eschange de ladite terre faicte avec des rentes ceddées à la défunte dame du Moustier, qu'au contraire on présumera toujours que le feu Évesque aiant esté d'une grande probité et bonne vie n'aurait voulu participer en un dol et estre complice d'une fraude puisque : *Vix tanta delicta in talibus viris præsumuntur.*

Nous verrons bientôt nosseigneurs du Parlement de Paris donner raison à Jean Amyot par un arrêt, dont on ne saurait mettre en doute l'impartialité, émanant d'une juridiction qui dominait de si haut et d'aussi loin le théâtre de ces querelles locales.

Tandis que les papiers et parchemins de procédure s'amoncelaient à Palley et à Courtempierre, une guerre plus fatale désolait la contrée.

Pendant la Ligue, le duc de Guise surprit à Vimory les reitres allemands commandés par François de Coligny et entra le même soir à Montargis, 26 octobre 1587. L'armée allemande, saisie de panique, alla se rallier du côté de Préfontaine et Courtempierre et prit la route de Malesherbes[1].

---

1. *Histoire du Diocèse d'Orléans*, par Duchâteau, doyen de Chéry.

Jacques Amyot ne jouit pas longtemps de sa nouvelle acquisition, simple goutte d'eau s'ajoutant à la masse de ses nombreux et riches bénéfices. Il mourut le 6 février 1593, à l'âge de 80 ans, laissant un frère Jean, marié à Marguerite Guérin, (celui-là même chez lequel le Grand-Aumônier avait élu domicile lors du contrat d'acquisition et qui avait fait au Roy, par procuration, foy et hommage de la seigneurie de Courtempierre), et une sœur Jeanne, mariée au sieur de Bourneaulx dont elle eut : Louis, docteur en droit, avocat à Paris, et Jean, chanoine de Notre-Dame de Paris, abbé de Roches, près Auxerre[1].

Bien que la signature des Bourneaulx se retrouve fréquemment dans différents actes du temps, on sait que la terre de Courtempierre fut abandonnée à l'auditeur en la Chambre des Comptes, *Jean Amyot*, frère de l'évêque d'Auxerre. Jean mourut le 24 septembre 1594, sans laisser trace de ses dix-huit mois de possession. Son fils et héritier, *Nicolas Amyot*, rendit foy et hommage au Roy devant le bailli de Nemours, le 12 décembre 1595. Il mourut vers 1597. Anne de Fougerets, sa veuve, eut la garde-noble de ses quatre enfants mineurs[2].

Nous voyons *Jacques*, fils aîné, offrir, le 27 octobre 1610, foy et hommage au seigneur de Palley, non point pour la seigneurie de Courtempierre dont

---

1. Le monument funéraire de Jacques Amyot, qu'on voit encore dans la cathédrale d'Auxerre, lui fut élevé en 1600 par l'abbé Jean de Bourneaulx.

2. Ces détails sont empruntés à une très complète et très intéressante notice généalogique des Amyot, rédigée par un des descendants de cette famille.

la mouvance est encore indécise, mais pour la moitié des *Moulins de la Ville*.

Jacques ne garda pas longtemps la terre de Courtempierre. Le 5 juin 1622, un partage définitif des biens de Nicolas Amyot eut lieu par-devant Mᵉ Boudin, notaire à Courtempierre, et, le 5 août suivant, *Anne Amyot* épousa au château, assistée de Jacques et de Jean ses frères, messire *Alexandre de Lalande*, seigneur de la Motte, fils de Jean de Lalande, seigneur de Corbeilles, et de damoiselle Blanche Audet. Elle devint alors seule propriétaire de la seigneurie de Courtempierre, dont elle était déjà dame en partie, lors du partage provisoire de l'héritage paternel. Cet abandon intégral de la seigneurie, dont ses frères ne s'étaient réservé que quelques fiefs, eut lieu au mariage d'Anne, en considération du voisinage de la terre de Courtempierre et de celle de Corbeilles, où était né, le 8 septembre 1591, Mʳᵉ Alexandre de Lalande, le nouvel époux.

Jacques, le frère aîné d'Anne Amyot, mourut sans postérité, en 1639.

Étienne, le plus jeune, épousa Anne Mercier et mourut, comme Jacques, sans postérité.

Quant à Jean, seigneur d'Inville[1], contrôleur des décimes à Sens, secrétaire du Roy, puis receveur général de l'Hôtel-de-Ville de Paris, il épousa Marie de Santeuil, et obtint, en 1654, des lettres d'honneur

---

1. Jean Amyot, comme on vient de le lire, ne s'était réservé que quelques fiefs de la seigneurie paternelle; il n'en continua pas moins à s'intituler *seigneur de Courtempierre*. Nous avons déjà vu pareil titre porté dans des conditions analogues par un sieur Jean de Conquérant, vers 1529 (page 16, note 2).

et de vétérance. Il mourut à Paris, le 14 décembre 1671, et fut enterré dans l'église Saint-Gervais.

Il laissa une postérité dont l'histoire sort de notre sujet jusqu'au 17 juin 1789, époque à laquelle nous verrons la famille du Grand-Aumônier de France rentrer en possession de Courtempierre dans la personne de son arrière-petit-neveu, Joseph-Parfait Amyot.

Revenons maintenant sur nos pas.

Pierre Amer, dernier du nom, était mort en 1610. Sa fille et héritière, Anne Amer, femme de Mre de Morainnes, seigneur de Maisonfort, mourait à son tour, en 1624, laissant quatre enfants mineurs :

Louis, qui mourut avant sa majorité.

Marguerite, qui épousa Nicolas de Bernier, seigneur de la Cerisière.

Élisabeth, qui épousa Claude de la Thiolière.

Éléonore, qui épousa Jean de Merlon, seigneur de la Martinière.

Aucune des trois sœurs ne voulut ou ne put garder l'antique bien de famille possédé par les Amer depuis 1472, et Palley fut en conséquence vendu, le 17 octobre 1633, à messire Claude Le Charron, Conseiller du Roy en ses Conseils, Maître des Requêtes ordinaire de son Hôtel, Procureur général de la Reyne, demeurant à Saint-Germain-des-Prés, à Paris, rue de Condé.

Un vieux factum imprimé nous apprend : « qu'il acquit, par échange, de plusieurs particuliers, la terre et seigneurie de Palley, de valeur de 400 livres de revenu, et en donna 20.000 livres, qui est le prix du denier cinquante, en considération de ce qu'elle était proche de sa terre de Villemaréchal. Le contrat d'échange omit de mentionner la cession des droits seigneuriaux dus pour raison des mutations arrivées dans la terre de Courtempierre, qui relevait de la terre de Palley, *suivant la prétention des seigneurs de cette dite terre de Palley*. Quelque temps après la vente, les vendeurs lui cédèrent, *à prix très réduit*, lesdits droits seigneuriaux dus par les seigneurs de Courtempierre ».

L'acquéreur, voulant prouver *qu'il était de robe*, s'empressa de revendiquer « tous les droits de rapchats, quints et requints deubs et eschus depuis 1511, selon les mutations arrivées pendant le procès avec les seigneurs de Courtempierre. »

Les vieux griefs renaissent ainsi plus violents que jamais. Jean Amyot, qui assume à lui seul le poids du procès, recourt, pour sa défense, à toutes les subtilités du droit. Il prétend, entre autres arguments, qu'il y a *prescription* dans la procédure. Mais Claude Le Charron lui donne un éloquent démenti en citant toutes les *saisies* et *mainlevées*, tous les *arrêts* et *appels* intervenus tant à Château-Landon qu'à Nemours et à Paris. Il reconnaît que de 1560 à 1595 « les troubles de notre saincte religion ont in- » terrompu le cours de la justice », mais il rappelle victorieusement qu'en vertu de l'Édit de Nantes, publié en 1595, toutes les prescriptions ont été interrompues pendant la même période, à l'égard de toutes personnes, tant ecclésiastiques que séculières.

En 1635, le nouveau suzerain de Palley se vante d'avoir déjà dépensé *mille écus* dans le procès et il rappelle « que les Amer s'y sont ruinés ».

Enfin, en 1637, le débat arrive à la Cour des requêtes de Paris, et, en 1639, nosseigneurs du Palais tranchent, par arrêt, ce nœud gordien que nul n'avait pu dénouer.

Le célèbre président de Molé s'était occupé lui-même de l'affaire et donna à son sujet, par lettre, quelques instructions au procureur du Roy au siège de Nemours. Nous avons la copie de cette lettre dont l'original est conservé aux Archives d'Orléans; elle est datée du 2 février 1637.

Inutile de reproduire la teneur, ni même la nomenclature des innombrables pièces fournies par les parties à cette époque décisive de leur débat. Il suffira de donner le résumé de l'arrêt :

Le 6 juillet 1639, la Cour déclare que le fief de Courtempierre, consistant en manoir, métairie, colombier, garenne, rivière, dîmes, champarts et la moitié des Moulins de la Ville, et autres droits lui appartenant, était tenu à mouvance en *plein fief* du demandeur, à cause de sa seigneurie de Palley. A la réserve de la Justice haute, moyenne et basse, laquelle la Cour a déclarée être de la mouvance du duché de Nemours.

La grosse question de mouvance étant vidée en faveur de Palley, Jean Amyot s'empressa de faire du zèle, et adressa au sire Le Charron un *aveu* dans toutes les formes voulues. Nous y relevons la description du manoir et de la seigneurie en 1640, avec quelques détails sur sa Justice :

La seigneurie de Courtempierre se consiste en tout droit de Justice qui s'étend sur les paroisses de Courtempierre, Treilles, Sceaux, Moulon, Panneton, Chapelon et Mignerettes. Les officiers de ladite Justice sont un prévôt, un procureur fiscal, un greffier, un sergent et un aide-procureur.

De la terre de Courtempierre relèvent en foy et hommage la terre de Mousseau, le fief de Longueau et quelques autres.

Se consiste en un hôtel seigneurial fermé partie de fossés, avec un corps de logis de pierre, couvert de tuiles, où il y a trois chambres, salles-basses, savoir une pour la cuisine, une pour la salle et une pour la chambre; de trois chambres hautes accompagnées de cabinets et garde-robes, et caves fort bonnes. Au bout duquel, d'un côté, il y a un grand pavillon couvert d'ardoises, logeable de deux chambres et au-dessus une chambre à galetas. Et au bout une grosse tour, couverte d'ardoises qui sert de montée.

Plus, ledit hôtel se consiste de toute sorte de bâtiments nécessaires de basse-cour et d'un fort bon colombier qui se pourrait affermer 6 ou 7 vingts francs tous les ans, écuries, étables, deux granges; même du pavillon joignant la porte, logeable de deux chambres et autres logis commodes et nécessaires.

Joignant l'*auvent* de la salle est un jardin fermé de murailles pour les trois parts et d'autre de la rivière, contenant un arpent environ. Plus joignant la basse-cour est un parc moitié fermé de murailles, moitié d'un fossé et haies vives d'un côté, et d'autre côté de la rivière, contenant 20 arpents, partie en hauts-bois, plants alignés, partie en taillis, aulnaies, prés et quelques arbres fruitiers.

Plus, au sortir de la basse-cour, d'un côté sont les terres du domaine du Château qui se consiste en un arpent borné de grands noyers, des meilleures terres du pays qui sont affermées, à la charge de bailler la moitié des-semences seulement, et par ce moyen doit le métayer payer les moissonneurs et rentrer tous les grains dans la grange du seigneur avec beaucoup de convenance.

Joignant au bout du parc est la métairie de Longueau, qui consiste en 7 vingts arpents de terre et prés, affermée à 8 muids de grain rendus audit lieu de Courtempierre.

Joignant ladite métairie, il y a une autre garenne de 15 arpents qui est meilleure que celle du château; et, à un quart de lieue, la métairie des porcs, l'étable et un colombier tout neuf, etc.

Les autres détails de l'*aveu* se trouvent dans le contrat d'achat fait par l'évêque d'Auxerre en 1585.

Le *manoir* répond encore à peu près à la description faite par Jean Amyot en 1640. L'*auvent* seul a disparu. Les chapiteaux encastrés dans les murs de droite et de gauche, quelques autres qui servent de base à une table, à un banc et à un cadran solaire dans le parc, montrent que cette belle galerie sculptée en pierre dure de Château-Landon devait donner très grand air au château. Honni soit le propriétaire malavisé qui l'a fait démolir; son nom est, heureusement pour sa mémoire, resté inconnu.

L'on pouvait croire que l'arrêt de 1639 et l'aveu de Jean Amyot termineraient la longue querelle qui divisaient Palley et Courtempierre. Il n'en fut rien. Jean Amyot s'était résigné à faire acte de foy et hommage, mais ni lui ni ses parents ne se souciaient de verser entre les mains de leur suzerain le montant considérable de tous les droits seigneuriaux que les sieurs de Palley réclamaient depuis 1511. Une nouvelle procédure s'engagea au sujet de ces droits.

Un arrêt du 3 avril 1642 fut le dernier acte du litige. La Cour des Requêtes condamna messire Claude Le Charron aux dépens du procès; non seulement envers tous les héritiers de Jacques Amyot, mais encore envers la petite-fille de Claude de l'Isle de Marivaulx, madame Catherine de l'Isle, femme de messire Anthoine de Linécourt, seigneur de Sasseval, fille et héritière de messire Jean de Lamer et de dame Marie de l'Isle, son épouse. Le processif seigneur de Palley avait voulu rendre cette jeune dame responsable *des rentes* acceptées par ses grands-parents pour prix du domaine vendu à l'évêque d'Auxerre.

L'arrêt de 1639 avait tranché les *prétentions féodales* des seigneurs de Palley en les leur adjugeant. Celui de 1642 prononça sur leurs *réclamations pécuniaires* en les en déboutant, et Claude Le Charron dut rayer définitivement de son budget l'arriéré des droits seigneuriaux revendiqués avec tant de persévérance.

A partir de cette époque, les ennemis réconciliés semblent avoir vécu dans une paix charmante. Nous les verrons s'unir par des mariages, assister aux baptêmes, aux enterrements qui attiraient les amis de la famille à Courtempierre. Après 1642, Jean Amyot ne figure plus dans les actes de nos archives, et son beau-frère, *Alexandre de Lalande*, pour jouir en paix de la seigneurie de Courtempierre, va se mettre à son tour tout à fait en règle vis-à-vis du sire de Palley.

En effet :

Le lundi 20 juillet 1643, avant midi, en présence de Claude Boyer, notaire royal au lieu de Palley, a comparu en sa personne Alexandre de Lalande, à cause de damoiselle Anne Amyot, son épouse. Lequel s'est présenté au lieu seigneurial de Palley, où étant devant la porte de l'entrée du chastel, *en devoir* de vassal, étant nu-tête, sans épée, ni éperons, ayant appelé par trois fois à haute et intelligible voix si Monseigneur dudit Palley est audit castel, ou personne ayant charge de lui de recevoir les vassaux en foy et hommage, déclare qu'il est venu exprès pour lui faire foy et hommage de la seigneurie de Courtempierre, relevant en plein fief de messire Le Charron, seigneur de Villemareschal, Villaines, Villebéon, Saint-Ange-le-

Vieil, Hugneville, Palley et autres lieux, au moyen de l'arrêt de nosseigneurs de la Cour du Parlement de Paris, du 16 juillet 1639 ;

Offrant payer audit seigneur pour le profit et rachat de ladite terre la somme de 15o livres tournois, ou le revenu de l'année selon le dire de prudhommes.

Auquel est apparue Jeanne Aussy, femme de Jean Barraige régisseur de Palley, laquelle a dit n'avoir charge de recevoir les vassaux qui en relèvent, mais qu'elle en avertirait ledit sieur Le Charron le plus tôt que lui serait possible.

Donc de tout ce que dessus ledit sieur de Lalande m'a requis acte que lui ai octroyé pour lui servir et valoir en temps et lieu de raison.

Signé : CLAUDE BOYER, notaire royal.

Alexandre de Lalande et Anne Amyot vécurent paisiblement dans leur domaine. Les actes suivants en font foi :

1º Le 23 septembre 1626, baptême dans l'église de Courtempierre d'Alexandre de Lalande ; le parrain était *Jacques Amyot*, son oncle maternel, et la marraine, Claude de Lalande, femme d'Albert de Vivier, seigneur des Garennes.

2º Le 22 février 1628, baptême de Jeanne de Lalande. Le parrain était Jean Amyot d'Inville, seigneur de La Brosse (fief de Courtempierre qu'il s'était réservé), et la marraine, Jeanne de Lalande, femme de Jacques de Vivier.

Cette fille d'Alexandre de Lalande et d'Anne Amyot épousa à Courtempierre, le 6 septembre 1646, messire Gabriel de Ronsard.

3º Le 3o mai 1629, baptême d'Élisabeth de Lalande. Le parrain était Charles de Mousselard, et la marraine, Élisabeth de Mousselard, enfants du seigneur de la Maison-Rouge.

Nous ignorons le sort d'Élisabeth de Lalande.

4º Le 21 avril 163o, baptême de Charles de Lalande. Le parrain était Charles de Vaucouleur, et la marraine, Louise de

Lalande, femme de messire de Mousselard, seigneur de la Maison-Rouge.

Sort inconnu.

5º Le 3 mai 1631, baptême d'Anne de Lalande. Le parrain était Louis de Mousselard, et la marraine, Marie Fortet.

Anne de Lalande épousa à Courtempierre, vers 1651, messire Georges Lefort, baron de Cernoy. Leur fille, Marie-Anne Lefort, naquit au château, vers 1663. Elle épousa, le 6 avril 1683, messire Pierre de Chamborant, seigneur de la Clavière : ils eurent un fils, Gabriel de Chamborant, né au château, le 4 novembre 1686.

6º Le 5 juin 1635, baptême de Jean de Lalande. Le parrain était Pierre de Mousselard, et la marraine, Aimée de Lucet, épouse de Jacques de Montmorant.

Il mourut en bas âge.

A la mort d'Anne Amyot, sa femme, Alexandre de Lalande remit à son fils aîné, *Alexandre*, le domaine de Courtempierre dont celui-ci devint le seigneur, et il se retira à Château-Landon. Le veuvage lui devint pesant et, à l'âge de 74 ans, il épousa en secondes noces Catherine Lesourd, fille de Louis Lesourd, écuyer, sieur de la Motte, demeurant à Courtempierre, et de défunte damoiselle Marie de Beauregard, assistée de son père et de François Desprez, écuyer, sieur de la Billotière, demeurant en la paroisse de Fontenoy, son cousin. Le contrat de mariage (que nous possédons) est daté du 30 juillet 1665. Les fiancés s'unissaient sous le régime de la communauté. Alexandre de Lalande apportait « en meubles, argent, monnaie, bestiaux et obligations, jusqu'à la concurrence de la somme de

12.000 livres », et Catherine Lesourd la somme de 1.000 livres. Le contrat réglait, lors du décès d'un des deux conjoints, les droits du survivant. Il prévoyait même le cas où il naîtrait des enfants du futur mariage! Ajoutons, à titre de détail assez curieux, que la future déclarait, à la fin de l'acte, ne savoir signer. Catherine combla plus tard cette lacune de son instruction première : nous lisons son nom écrit de sa propre main sur le contrat de mariage fait et passé, le 24 décembre 1670, entre sa sœur Marie Lesourd, qui à son tour déclare ne savoir signer, et François de Villacq, écuyer, demeurant aux Courtrits (aujourd'hui les Courterits), paroisse de Courtenay.

En se remariant, Alexandre de Lalande n'avait point méconnu les intérêts de ses enfants du premier lit, dont il ne restait qu'Alexandre, devenu seigneur de Courtempierre, et Anne, alors veuve de Georges Lefort. Par une donation entre vifs, faite la veille du contrat de mariage, il transmettait à ses deux enfants, « pour l'affection qu'il leur portait et pour autres considérations à ce le mouvant » le fonds de 25.000 livres en principal de trois rentes, faisant 1.388 livres, 17 sols, 10 deniers pour chacun, à prendre sur la terre des Garennes, paroisse de Barville, en la Justice royale de Boiscommun. Il stipulait d'ailleurs qu'il conserverait, sa vie durant, la jouissance desdites rentes, et que, s'il venait à se marier (l'on vient de voir que son contrat de mariage se signait le lendemain même), son épouse, en cas de survie, ne percevrait que pour l'année courante les arrérages du capital qu'il donnait à ses enfants. Il

était, en outre, convenu que, s'il convolait en secondes noces, son fils et sa fille signeraient et ap-
prouveraient son dit mariage. Cette approbation fut,
en effet, apposée le 31 juillet au bas du contrat du
30 juillet 1665, susmentionné.

Messire Alexandre de Lalande décéda en la ville
de Château-Landon, quatre ans après son second
mariage, le 20 septembre 1669. Il fut transporté le
même jour à Courtempierre et inhumé dans le chœur
de l'église[1]. Il était âgé de 79 ans.

Alexandre de Lalande, second du nom, fils aîné
et héritier du précédent, avait épousé, en 1664,
Jeanne-Élisabeth Moreau, fille de Jacques Moreau,
seigneur de la Ferraudière, de Toury et de Bellébat.

Marie-Angélique Moreau, sœur de la nouvelle
dame de Courtempierre, épousa Mre Claude Le
Charron, fils du premier de ce nom, seigneur de
Palley. Pendant une visite que ceux-ci firent à leur
beau-frère, ils perdirent une petite fille de trois ans,

1. En 1793, le curé Dupleix cessa ses fonctions ecclésiastiques à Courtempierre. Quand les églises furent rendues au culte, notre petite paroisse
fut desservie par le curé de Sceaux; mais, le 1er août 1849, M. l'abbé
Leturque y fut nommé *curé-résidant*. Le 19 mai 1850, le zèle du nouveau
pasteur obtenait du Conseil de fabrique la construction d'une sacristie
sous forme d'annexe. Elle fut bâtie sur l'emplacement de la chapelle seigneuriale qui communiquait avec le chœur de l'église par une arcade en
plein cintre aujourd'hui murée, mais dont la trace est encore visible.
Dans un inventaire du 11 septembre 1759, nous voyons que cette chapelle était ornée « de trois aunes de tapisserie de haute lisse ». Les *sépul-
tures seigneuriales* se trouvaient dans le chœur, devant la chapelle du
château, et leurs dalles, dont les inscriptions effacées n'avaient plus d'histoire, même dans la tradition, restèrent apparentes jusqu'en 1864. M. le
curé Leturque, ayant remanié le sanctuaire et le chœur de l'église qui
demandaient d'importantes réparations, fit tailler ces pierres funéraires
pour en former les trois marches existant actuellement.

Françoise Le Charron, qui fut inhumée à Courtempierre le 15 mars 1688.

Le second, Alexandre de Lalande, eut quelques démêlés avec Monsieur, frère du Roy, pour la juridiction de Courtempierre. En 1679, il lui est reproché

D'étendre sa Justice à des paroisses qui ne lui appartiennent pas et d'essayer de se mettre en possession de quelques hameaux et fiefs par ses propres officiers; se servant de l'absence, indisposition, facilité et négligence des officiers de Château-Landon.

Nous savons aussi que Monsieur et Madame de Lalande allaient quelquefois à Paris et qu'ils y descendaient « A la Nef d'Argent », place Maubert, paroisse Saint-Étienne-du-Mont.

Alexandre de Lalande fit un procès à :

Noble homme Pierre Petit, avocat au Parlement de Paris, pour raison du droit de porter, faire porter ou envoyer le bâton au jeu de quilles, au lieu de Treilles appartenant audit Petit, le jour de saint Fiacre, patron dudit lieu, pour lequel procès ont transigé. C'est assavoir que Petit reconnaît que le *droit* du Jeu appartient et est adjugé au sieur de Courtempierre, et néanmoins, pour *nourrir paix et amitié* entre les parties, ledit sieur de Courtempierre a remis, quitté, transporté et délaissé audit sieur Petit ledit droit du Jeu de quilles, le subrogeant en son lieu pour en disposer. Cette cession faite moyennant la somme de soixante sols tournois et deux poules de rente seigneuriale.

L'on ne peut que féliciter le sieur de Courtempierre d'avoir ainsi lâché l'ombre pour la proie.

Le 6 septembre 1689, Alexandre de Lalande fait saisir chez la veuve de son meunier de Chollet, qui ne payait plus le loyer fixé à 150 livres par an. Parmi les objets inventoriés par Michel Pucet, huissier royal résidant à Sceaux, nous relevons :

Deux escuelles d'estin, un poillon tenant un sceau environ, deux meschants chaslits de plusieurs bois, deux poinsons forés par les deux bouts. Une petite cherrette garnye, deux chevaulx d'arnoix, l'un poille nouaire et l'aultre poille bayard, avec leurs avallements, et trois asne deux desquels sont borgne et aveugle.

Les huissiers d'aujourd'hui sont toujours aussi impitoyables, mais du moins plus forts en orthographe.

Les registres paroissiaux, conservés à la Mairie de Courtempierre, remontent à l'an 1676. Nous n'aurons plus désormais qu'à les suivre pour connaître ce qu'il advint de la famille seigneuriale.

Le 15 mars 1686, dame Jeanne-Elisabeth Moreau, épouse de Mre Alexandre de Lalande, décédait, à 2 heures du matin, à l'âge de 44 ans.

Le 3 octobre 1692, Alexandre de Lalande mourait à l'âge de 66 ans.

Étaient présents : Mme de Villemandeur, sa sœur, née Anne de Lalande, veuve de Georges Lefort — Mme Le Charron, sa belle-sœur, née Marie-Angélique Moreau, épouse de Claude Le Charron, seigneur de Palley — Mme Le Charron, son autre belle-sœur, née Anne Moreau, épouse de François Le Charron, seigneur de Villemer, près Moret.

Alexandre de Lalande était le dernier descendant mâle de cette ancienne famille qui posséda durant plus de trois siècles la seigneurie de Corbeilles, puis celle de Courtempierre et dont les membres s'allièrent à presque toute la noblesse de la province du Gâtinais [1].

---

1. Généalogie de la famille Amyot (page 22, note 2).

Le jour même de sa mort, Alexandre de Lalande avait dicté son testament à Pommier, notaire royal à Courtempierre. Après le pieux, mais long préambule en usage alors, le testateur indique ainsi ses dernières volontés :

Il désire être inhumé dans le chœur de l'église de Courtempierre, au lieu et place où les seigneurs et dames de Courtempierre, ses père, mère et prédécesseurs sont inhumés.

Il veut qu'il soit dit à son intention le lendemain de son décez un service solanaille, à l'assistance de tous les prêtres circonvoisins, avec vigile à neuf leçons.

Il ordonne pour son luminaire qu'il soit de dix-huit flambeaux de chascun six quarterons de sire blanche et deux-douzaines-et-demy de sierges, de chascun trois quarterons.

Plus, sera payé tant à chascun des porteurs qu'aux pauvres, chascun un sol, etc. (Suivent des fondations de messes, de recommandations aux prônes, etc.)... Il donne et lègue aladicte église la somme de 1.200 livres en principal de rente à prendre et percevoir annuellement sur Paul Guyon et Marin Collumeau ; à employer par les marguilliers pour le rétablissement d'icelle église.

Et, pour mettre le présent testament en pleine et entière exécution, ledit sieur testateur a nommé pour exécuteur son gendre, Mre *Caizard*-Louis Séguier, chevalier, seigneur de la Verrière, Jallemain et autres lieux, demeurant aussi au chasteau de Courtempierre, etc., etc.

Alexandre de Lalande avait eu des enfants mâles, qui moururent en bas âge, et la seigneurie de Courtempierre tomba pour la cinquième fois en *quenouille*. L'héritière fut *Marie-Anne*, alors fille unique d'Alexandre, née à Courtempierre le 11 janvier 1670.

Elle avait épousé :

En l'église Saint-Sulpice à Paris, le 29 mars 1689, Mre César-Louis Séguier, chevalier, seigneur de la Verrière, capitaine dans le régiment du Roy, âgé de 29 ans-et-demy, fils de Mre Jean Séguier de la Verrière, commandeur des Ordres de Saint-Lazare et de N. D. du Mont-Carmel, et de dame Anne Dupuy, présents, de la paroisse du Mesnil Saint-Denys, diocèse de Paris. Assistèrent à la cérémonie du mariage : Mre Jacques Séguier de la Verrière, ancien évêque de Nismes — Mre Vialant, seigneur de Herse, parents de l'époux — Mre Pierre de Chamborant, marquis de la Clavière — Mre Alexandre de Chassy, marquis de Looze — Mre Claude Le Charron — Mre Charles Moreau, seigneur de la Bute, parents de l'épouse.

César Séguier reconnut à sa femme un douaire de 30.000 livres à valoir sur la propriété de la Verrière, estimée 46.500 livres ; et chaque année la dame de Courtempierre touchait, par procuration notariée, à Paris, 1.500 livres de rente provenant de cette donation.

Après la mort de Jean Séguier, la dame Anne Dupuy s'installa, sans doute, chez ses enfants ; car elle mourut à Courtempierre le 6 mars 1723, à l'âge de 91 ans, et fut inhumée dans l'église paroissiale.

M. et Mme César Séguier eurent sept enfants :

1° Marie-Anne Séguier, née vers 1690, épouse, le 26 novembre 1709, David de Mousselard[1] et meurt à Courtempierre en 1760.

---

1. Citons quelques extraits du contrat de mariage de « Mre David de Mousselard [Bibliothèque nationale, Carrés d'Hozier, vol. 458, p. 178], seigneur du Lyard et de la Maison-Rouge, y demeurant, paroisse de Corbeilles-en-Gastinois, fils de deffunt David de Mousselard et de dame Anne Ozon, *accordé* avec damoiselle Marie-Anne Séguier, fille de César Séguier, seigneur de Courtempierre, et de dame Marie-Anne de Lalande. Ledit futur époux assisté de dame Françoise Bruère, veuve de Mre Vaillant, seigneur de Miardouin, sa tante — de Mre Louis de Mire, son cousin — de damoiselle Renée de Vivier, sa cousine — de Mre Charles de Mousselard, seigneur de la Champaigne, du Souray et des Fourneaux, son cousin — de François du Guesnay, seigneur de Gris, mousquetaire du Roy, amy — Et la future épouse assistée de dame Anne

2° Jean-Louis Séguier, né à Paris vers 1693, devient seigneur de Courtempierre en 1721.

3° Élisabeth-Louise-Angélique Séguier, née à Courtempierre le 31 août 1698, épouse Mre François de Voisines, seigneur de Chancepoix, paroisse N.-D. de Château-Landon, le 24 février 1721[1].

4° Anne-Louise Séguier, née à Courtempierre le

« Dupuy, veuve de Jean Séguier, son ayeule paternelle — de ses frères et
« sœurs — de dame Anne Moreau, veuve de François Le Charron — de
« dame Angélique Moreau, veuve de Claude Le Charron, ses *grandes-*
« *tantes*, etc. En faveur duquel mariage ladite future se constitue la
« somme de 17.000 livres dont 1.000 en deniers comptants — 10.000 faisant
« rente annuelle de 500 livres — Et 6.000 en principal dues par maistre
« Mesnager, greffier à Nemours; et une maison assise à Montargis, fau-
« bourg de la Conception. louée 345 livres. La dame de Lalande, mère de
« la future, la dotant de ses biens propres. Et ledit époux apporte la somme
« de 20.000 livres pour le payement de laquelle la dame Ozon, sa mère, luy
« donne la terre de la Maison-Rouge, estimée 12.000 livres; et une ferme
« scize au hameau de Chénery, paroisse de Corbeilles, estimée 2.000 livres;
« et la somme de 3.500 livres, due par Magdeleine de Birague, veuve du
« sieur de Lescure. Passé au château de Courtempierre, devant Pommier,
« notaire, etc. »

1. L'épouse apportait comme dot 4.000 livres en argent comptant et 14.000 livres en biens-fonds. Elle fut *douairée* par son époux de la somme de 300 livres de douaire viager et de la somme de 3.000 livres de *préciput* avec le droit *d'habitation* pour elle, ses gens et équipages dans le château de Chancepoix et le droit *d'usage* dans les jardins et potagers.

Mre François de Voisines mourut à Chancepoix en 1745, laissant cinq enfants mineurs qui ne se partagèrent sa succession qu'en 1765. Voici, à cette date, l'état civil des héritiers :

1o Alexandre-François de Voisines, seigneur de Chancepoix, y demeurant et conservant la seigneurie par *droit d'ainesse*.

2o Eustache-David de Voisines, capitaine dans le régiment de Vermandois, en garnison à Rochefort.

3o Antoine de Voisines de la Mivoye (ferme située sur le domaine de Chancepoix), actuellement aux Grandes Indes.

4o Charles-Marie-César de Voisines de Tiersainville (fief compris dans le domaine de Chancepoix sur la paroisse de Bougligny), demeurant à Stade (Hanovre), ayant délégué un fondé de pouvoir *sous signature privée à défaut de notaire français sur les lieux.*

5e Françoise-Louise-Césarine, demeurant avec sa mère à Chancepoix.

Nous savons que Mme Ve de Voisines existait encore en 1759, puisqu'elle assista à l'inhumation de sa mère.

26 juillet 1701, épouse le 8 novembre 1734 Charles-Marie Davisson, seigneur de Nonville (près de Nemours)'.

5° Jacques-Alexandre Séguier, né à Courtempierre le 26 mai 1703. Il est indiqué lieutenant au régiment *Lionnois* le 25 janvier 1723, et on le voit parrain d'un enfant du village en 1725. Sans postérité.

6° Charles-Auguste Séguier, né à Courtempierre le 28 mars 1705. Sans postérité.

7° David-Pierre Séguier, né à Courtempierre le 19 décembre 1706, meurt à l'âge de 6 mois, le 22 juillet 1707.

Le curé de Courtempierre se nommait alors Gautrin; il devait avoir l'amour des carillons, car nous relevons sur le registre de l'église les deux actes suivants :

Le 20 juin 1709, baptême de la moyenne cloche. Parrain : Louis-Charles de Rogres, seigneur de Villemaréchal et Cheuvrinvilliers²; marraine : Mme de Lalande, épouse de Mre César Séguier, seigneur de Courtempierre.

Elle a été fondue à Bransles. On a donné 60 livres pour la façon. Elle pèse 241 livres. Elle a été nommée Marie-Charlotte et bénie par Gautrin, curé.

Cette cloche a disparu.

Le 27 juin 1714, baptême de deux cloches, par Gautrin, curé de Courtempierre.

---

1. Mme Davisson devint veuve en 1757 et elle se retira « en l'abbaye « royale des dames bénédictines de Moret ». Elle y mourut en 1782, laissant une fille, Marie-Anne-Claudine, mariée à François de Vigneron, chevalier de l'ordre de Saint-Louis, devenu par son mariage seigneur de Nonville.

2. Il avait épousé Marie-Anne Le Charron, cousine des de Lalande.

Voici l'inscription copiée sur celle qui existe encore dans l'église en 1889 :

L'an 1714, au mois de juin, nous avons esté bénite par Mre Louis Gautrin, prestre, et nommée Marie-Louise, par Mre Jean-Louis, fils de Mre César Séguier de la Verrière, seigneur de Courtempierre et autres lieux, et par haute et puissante dame Marie de Chausy, épouse de haut et puissant seigneur, Mre David, marquis de Saint-Phalle.

César Séguier était d'un caractère pacifique. Nous n'avons de lui que quelques lettres de bon voisinage écrites aux châtelains des environs. Il réclame avec douceur ses droits « sur le jeu de quille et de baston » établi à Sceaux », que le garde d'un certain M. Bertrand voulait déplacer pour le mettre sous la dépendance de son propre maître.

Comme esprit du temps, citons cet extrait d'un bail à loyer :

Le sieur de Courtempierre ayant délaissé à loyer, moyennant la somme de 200 livres d'argent et douze septiers d'avene bonne et loyale marchandise, mesure de Château-Landon, la métairie de Longueau, à Louis Lefranc laboureur et Jeanne Richemont sa femme, oustre ceux-ci seront tenus de donner deux chappons et six poullais bons et recepvables par chascun an. Et ils ont promis par leur foy et serment *leurs propres corps à tenir prison fermée* jusques à l'entier payement du présent bail et austre clause y mentionnée. Le 27 septembre 1703.

Il est présumable que, grâce à cette sage jurisprudence, les fermiers payaient leur loyer plus exactement au XVIIIᵉ siècle que de nos jours.

On se plaint beaucoup du mauvais entretien des routes dans le département du Loiret, en l'an de grâce 1889. Que de progrès pourtant les cantonniers ont dû faire, puisque le 2 septembre 1715, César Séguier écrivait à un habitant de Sceaux[1] :

Mon dessein était d'aller vous parler de ce qui regarde nos aveux, mais j'ay eu et ay encore un mal à un genou qui m'empêche d'aller autrement qu'en carosse ; ainsi *nos routes* m'ont fait attendre que je fusse en état d'aller à cheval, etc.

Un baptême, célébré à Sceaux le 23 janvier 1717, nous apprend que le parrain, Louis Graine, acolyte, était *précepteur* au château de Courtempierre. C'est le seul renseignement que nous possédions sur l'éducation donnée alors aux jeunes seigneurs gâtinais.

César Séguier mourut le 27 mars 1721, à l'âge de 62 ans, à Paris, chez son beau-frère, Mre Hébert. Il est inhumé en l'église Saint-Eustache[2].

L'état des finances du défunt était embarrassé, comme le prouve l'acte suivant, dressé par Maurice Delaveau, notaire à Château-Landon, le 25 janvier 1723 :

Inventaire des meubles et effets mobilliers délaissés qui appartenaient à feu Mre de Courtempierre, montant à la somme de 487 livres, 10 sols.
A la requête des héritiers *par bénéfice d'inventaire* dudit deffunt, je proceddé en présence de Jean Collumeau, laboureur et Marc-Antoine Gautrin, chirurgien, (le frère du curé Gautrin, sans doute), experts choisis pour faire l'estimation desdits

1. Sceaux, village situé à 1.500 mètres de Courtempierre.
2. Nous lisons dans le *dossier* Séguier [Bibliothèque nationale] : « Séguier, » seigneur de Courtempierre, mort à Paris en mars 1721, aiant marié son » fils quelques jours auparavant avec la fille d'un Micissipien demeurant » vis-à-vis l'hôtel de Soissons. Il laissait aussi deux filles. »

meubles qui ont esté trouvés dans la chambre et cabinet composant *l'appartenant* dudit sieur Séguier, etc., etc.

On peut relever, à titre de curiosité, dans cet inventaire :

Un justocorps, une veste et une cullotte de draps gris retourné et garni de boutons de poil de chèvre, estimés. 25 l.

Un surtout et une veste rouge d'écarlatte, une culotte de drap costé et de peau de vellours, estimés . . . . . . 36 l.

3 chappeaux, un castor, un demy-castor bordé d'argent et un vieux castor, estimés . . . . 20 l.

18 cravattes de toile de mousselines, estimées . . . 30 l.

21 paires de chaussons de toile de chanvre, 2 bonnets de laine tricottés et 1 de bazin, estimés . . . . 6 l.

4 camisolles de bazin avec 1 linge à barbe, estimés . 10 l.

5 mouchoirs à tabac, d'indienne, estimés . . . . . . 5 l.

4 vieilles perruques et 2 bonnes, estimées ensemble . 40 l.

Une table de bois sur laquelle cest trouvé 98 livres, tant pistolles qu'au dessous de différent tiroirs, estimée . . . 120 l.

3 fuzil garny de leurs platines, dont il y en a un à deux coups, estimés. . . . . 45 l.

Par acte du 26 décembre 1721, les héritiers ont renoncé à la succession de Mre César Séguier, comme leur étant plus onéreuse que profitable. Les espèces sonnantes étaient d'ailleurs fort rares alors en Gâtinais. Les chartriers des notaires de nos environs mentionnent de nombreux emprunts contractés par les seigneurs ou les marchands du pays. On s'adressait à un voisin momentanément plus fortuné. En voici quelques exemples :

Le 24 avril 1658, Alexandre de Lalande, seigneur de Courtempierre, reçoit 185 livres, 15 sols restant à payer de la somme de 200 livres due par Estienne de Tournemire, seigneur de la Gonfaudière, depuis le 4 mars 1652.

Le 12 mai 1716, Jean de Guiscard, seigneur de Saint-Géran et de Préfontaine, constitue par chacun an à M⁺ᵉ César Séguier la somme de 200 livres de rente, moyennant la somme de 4.000 livres[1] que le sieur Guiscard reconnaît avoir reçue en espèces d'or et d'argent ayant cours dans le royaume.

Le 16 mars 1720, Michel Chevalier, marchand à Château-Landon, rembourse à dame Marie-Anne de Lalande la somme de 938 livres en 9 *billets de banque* de 100 livres et le surplus en bonne monnaie ayant cours.

Le 22 mars 1720, Tildier, marchand hostellier à l' « Écu » de Dordive, routte de Paris à Lion, rembourse 300 livres en *billets de banque* à la dame de Lalande.

Même date. Boullay, harmurier à Montargis, rembourse 600 livres à la dame de Lalande, etc.

Jean-Louis Séguier de la Verrière, mousquetaire de la garde du Roy, succéda à son père dans la seigneurie de Courtempierre. Il avait épousé, à Paris, le 4 janvier 1721, sa cousine, Marie-Catherine-Constance Hébert, fille de Guillaume Hébert, chevalier de N.-D.-du-Mont-Carmel et de Saint-Lazare, envoyé par le Roy aux Indes-Orientales et gouverneur de Pondichéry. (C'est le Micissipien dont il est question dans le *dossier* Séguier. Voir page 41, note 2.)

M. et Mᵐᵉ Jean-Louis Séguier n'eurent qu'une fille, Marie-Constance, née le 2 avril 1722.

A la date du 17 juillet 1729, nous rencontrons un naïf témoignage des bonnes relations qui régnaient entre les villageois et leur pasteur spirituel :

Cejourd'huy, à l'issue de la messe célébrée en l'église de Courtempierre, s'est convoquée l'assemblée générale des habitants de la paroisse, au son de la cloche; auxquels M⁺ᵉ Etienne Petit, prêtre-curé et *gros diximateur* leur a remontré que le

---

1. Le taux de 5 % était déjà le taux légal.

presbytaire n'est composé que d'une chambre à feu, petit ca
binet à côté, d'un fournil, grenier au-dessus, le tout couvert d
paille; une petite grange et une petite écurie et halle devant l
maison; lesdits bâtiments ne pouvant servir pour serrer le
dixmes. Pourquoi iceluy curé requiert qu'iceux habitants aien
à lui faire bâtir une grange et écurie. Les habitants en son
tombés d'accord et sont convenus de payer entre les mains d
Mre Jean-Louis Séguier la somme de 400 livres. On employer
les matériaux de la petite grange et de la petite écurie. La nou
velle grange aura 7 toises-et-demie de longueur, 21 pieds-et
demi de largeur et 13 pieds de hauteur. La somme de 400 livre
a été sur le champ départie comme il suit, etc. (l'acte porte le
noms des donateurs; presque tous ont encore des descendant
dans la commune). Outre ce que dessus, les laboureurs d'un
charrue fourniront chacun 5 journées de voitures pour voiture
les matériaux; ceux d'une demy charrue s'uniront à un voisin
les manœuvres fouilleront la terre, amasseront des pierre
pendant 5 jours, etc. '.

Le goût des grandeurs était venu à l'abbé Petit

Le 14 janvier 1730, M. de Harlay, conseiller d'État, intendan
de la généralité de Paris, présente au Conseil la requête du
curé de Courtempierre, portant consentement des habitants
deladite paroisse que la somme de 1.360 livres jugée nécessaire
pour les réparations du presbytaire soit imposée sur eux et
sur les biens tenant de la dite paroisse. Le Roy, conformémen
à l'avis du Conseil, a confirmé l'adjudication des réparations et
augmentations à faire au presbytaire de Courtempierre, passée
le 30 avril 1730 à Fiacre Pochon, moyennant 1.360 livres. Or
donne en conséquence Sa Majesté que ladite somme, ensemble
celle de 34 livres pour les frais de recouvrement, à raison de
six deniers pour livre, seront imposées en la présente année
sur tous les habitants et propriétaires de biens situés dans

1. L'abolition des dimes ayant rendu cette grange inutile, elle fut cédée
à la commune par la fabrique en 1864. On la transforma aussitôt en mairie et en école, qui existent encore aujourd'hui.

ladite paroisse, exempts et non-exempts, privilégiez et non-
privilégiez, à proportion de ce que chacun d'eux y possède,
suivant le rolle particulier qui sera dressé par les collecteurs, etc.

Signé d'AGUESSEAU, CHAUVELIN, ORRY. — Versailles, le
26 septembre 1730. [Archives Nationales.]

Marie-Constance Séguier épousa, le 4 juin 1737,
à Paris, Nicolas Salverre. Voici l'abrégé de leur
contrat de mariage passé, le 3 juin 1737, devant
Baptiste et Raymond, notaires au Châtelet de Paris :

Mʳᵉ Nicolas Salverre, chevalier, premier écuyer de la Grande
Écurie du Roy, fils de Claude Salverre, chevalier, seigneur du
Lhut, la Mothe-d'Arçon, les Fossés et autres lieux, ancien
gouverneur des pages de la Grande Écurie du Roy, et de dame
Jeanne Cuvier de Montsourry, demeurant ordinairement en
leur château de la Mothe-d'Arçon, paroisse du Bourg de Vic,
province de Bourbonnois, et étant alors logés à Paris, rue des
Grands-Augustins, *accordé* avec damoiselle Marie-Constance
Séguier, fille mineure de Jean-Louis Séguier, seigneur de
Courtempierre et autres lieux, demeurant ordinairement en
son château de Courtempierre, étant alors à Paris, logé rue du
Colombier, quartier Saint-Germain-des-Prés, en la maison du
sieur Hébert, son beau-frère, Introducteur des ambassadeurs
et princes étrangers, près Sa Majesté, et de dame Catherine-
Constance Hébert, son épouse. Assistés de dame Marie Séguier
de Vaucluse, veuve de Mʳᵉ le marquis de Capelaine, cousine
germaine paternelle — de dame Jeanne Supligeau, veuve de
Mʳᵉ Pierre Hébert, commissaire ordonnateur des Guerres,
tante maternelle—de dame Marie Moret, épouse de Mʳᵉ Claude
de Chamborant, comte de la Clavière, seigneur de Villemandeur, colonel au régiment d'*Anguien*, cousine paternelle — de
dame Marie-Anne Le Charron, veuve de Mʳᵉ Louis de Rogres,
seigneur de Villemaréchal, cousine issue de germaine maternelle — de dame Élisabeth Le Bascle, épouse de Mʳᵉ Jacques
d'Argenteuil, chevalier *non-profès* de l'ordre de Saint-Jean-de-
Jérusalem, cousine maternelle — de Mʳᵉ Louis Moret, seigneur

de Bournonville, allié — de Mre Claude de Rogres, seigneur d
Champignelle, religieux *profès* de Saint-Jean-de-Jérusalem
commandeur d'Abbeville, amy.

En faveur duquel mariage les père et mère du marié lui don
nent la propriété de tous leurs biens comme à leur fils uniqu
et seul héritier. Et les père et mère de la mariée aussy comm
à leur fille unique et seule héritière, etc.

Malgré le mystère qui enveloppe *l'apport* de
époux, nous pouvons certifier qu'ils étaient plu
riches en noblesse et en belles alliances qu'en écu
sonnants.

Jean-Louis Séguier jouit en bon propriétaire de s
seigneurie. Nous avons fréquemment trouvé so
nom dans les actes de baptême des petits paysans
où il figure comme parrain, et nous voyons qu'i
rendait la justice en père de famille, très accessibl
aux circonstances atténuantes :

Le 12 décembre 1739, Mre Séguier fait assigner Jean Collu
meau, par M^re le prévôt de Courtempierre, pour être condamn
à payer la somme de *100* livres, pour avoir tué avec arme à fe
un de ses chiens de chasse, qui estait à la suite du sieur Duva
son garde, et qui passait proche de la maison dudit Collumeau
Celui-ci reconnaît que son fils a tué ledit chien, croyant qu
s'estoit un chien enragé, lequel estoit seul derrière leur grang
tout *plain de bon et de sens* et n'estoit conduit par aulcun
personne. Et comme il faisait difficulté de le tuer, craignan
qu'il n'appartint à quelque personne de connaissance, la femm
Vincent Mestier assura au fils Collumeau que s'estoit un chie
inconnu et qu'elle estoit *sure* qu'il n'appartenait pas à M^re Sé
guier, ny à ses gens, car elle connaissait bien leurs chiens; c
qui détermina le fils Collumeau à le tirer. Lequel seigneur d
Courtempierre *ayant égard* aux raisons dudit Collumeau e
voulant *le traitter dans la douceur* comme estant son fermie
a déclaré qu'il *lequitte* pour tout dépens, dommage et intéré

la somme de *12* livres qui serviront à payer les frais et le
surplus donné au garde; ce que Collumeau a présentement
exécuté, etc.

Marie-Anne de Lalande, veuve de César Séguier,
mourut en visite chez sa fille, Angélique, dame de
Voisines, au château de Chancepoix, près Château-
Landon. Voici son acte de décès :

Le mardy treize de mars 1742, je soussigné *prieur-curé* de
N.-D. de Chateau-Landon, ai célébré solennellement la grand-
messe sur le corps de dame Marie-Anne de Lalande, veuve de
Mre Cæsar Séguier, chevalier, seigneur de la *Ferrière*, de
Courtempier, *Jalmin*, le Désert et aultres lieux; décédée d'hier
à Chancepoix de cette paroisse; âgée de 72 ans du 10 janvier
dernier, munie de tous les sacrements de leglise; après laquelle
cérémonie je me suis mis en marche avec mon clergé pour la
remettre en main de Mre Meusnier, curé de *Courtempier*, pour
quil en fit les obsèques suivant ce qu'en avait *désirée la def-
funte*. Et ledit convoy s'est fait en présence de Mre de Voisines,
de Mre Davisson, de Mre de Mousselard, ses gendres, d'Alexandre de Voisines, son petit-fils et de Mre Le Charron, seigneur
de Palley.

Le 1er mai suivant, les quatre enfants de Mme César
Séguier partagèrent sa succession :

Dans lesquels biens le sieur Jean-Louis Séguier a droit
comme *aîné* de prétendre *moitié*, suivant la coutume, dans les
propres de la défunte et un *quart* seulement dans les autres
biens. Mais, comme par le contrat de son mariage, passé à
Paris le 4 janvier 1721, les défunts sieur et dame Séguier lui
ont donné la terre et seigneurie de *Courtempierre*, en avance-
ment de leur future succession qui le *remplit* de tout ce qu'il
pouvait prétendre pour *son droit d'ainesse*, il a été convenu
entre les parties que tous les biens de la présente succession
seront partagés par égales portions et que le sieur de Courtempierre ne fera pas *rapport* de sa seigneurie et qu'il sera

tenu de porter lui-même les foy et hommage pour tous les dits
fiefs aux seigneurs et dames dont ils relèvent.

La somme des biens se montant à 65.200 livres, chacune des
parties recevra 16.300 livres.

Après avoir fait quatre lots les plus égaux qu'il a esté. possible et les avoir jetés au sort :

Le premier lot est eschu au sieur Séguier. Lequel consiste
en la terre du Dézert estimée 8.000 livres et la maison d'Ormetrou estimée 8.300 livres.

Le deuxième lot est eschu au sieur et à la dame de Mousselard. Lequel consiste en la terre de Jallemain[1] sur laquelle ils
prendront la valeur des 16.300 livres, plus 5.000 livres encore
dues sur la dot de ladite dame de Mousselard. Puis ils rendront
la somme excédente de 1.200 livres.

Le troisième lot est eschu à la dame veuve de Voisines, (son
mari était mort depuis l'enterrement de Mme Séguier, la douairière, qui avait eu lieu, comme nous l'avons vu, le 13 mars précédent). Lequel consiste : en 12.000 livres à prendre sur le sieur
de Launay, trésorier de l'Extraordinaire de la Guerre, comme
ayant acquis la terre de la Verrière, (douaire de Mme César Séguier), — en 3.300 livres à prendre sur la rente originairement
créée au profit du sieur Bonnier de la Motte par S. A. R.
Mgr le duc d'Orléans, Régent, le 5 janvier 1716, et transportée
par le sieur de la Motte le 13 janvier 1717, par contrat passé
devant Hytier, notaire à Gondreville-la-Franche — en 1.000 livres à prendre sur Pierre Grapperon, marchand à Château-
Landon.

Le quatrième lot est eschu au sieur et à la dame Davisson.
Lequel consiste : en 12.000 livres à prendre sur ledit sieur de
Launay — en 2.000 livres à prendre sur la rente créée le
17 mai 1738 par la dame de Candau, dame de *Cornou* (château
situé à Nargis, près de Courtempierre et dont on voit encore
des ruines imposantes), au profit de Mre Brette de Lépinay et

---

1. Le 30 septembre 1744, Mre de Mousselard louera le moulin de Jallemain au prix de 380 livres de loyer; plus 6 canards, 6 anguilles et un
gâteau pesant trois livres, le jour des Rois.

transportée par celui-ci à la dame Séguier le 14 mai 1741 — en le fief du Tartre-Chevalier, paroisse Sainte-Croix de Château-Landon, estimé 200 livres — en 400 livres à prendre sur différents particuliers de la vallée d'Aillant proche Joigny, dont les titres sont entre les mains du sieur Bodiau, notaire en la paroisse de Brion, chargé du recouvrement — en 500 livres dues à la dame Séguier depuis le 30 novembre 1727 par la dame Bertrand des Terriers, de Nemours[1] — et en les 1.200 livres reçues par la dame de Mousselard sur la terre de Jallemain.

Fait et passé au château de Courtempierre, en présence de Mre Mathurin Sedillé, avocat au bailliage de Nemours, de Mre Claude-Charles Le Charron, seigneur de Palley, etc.

La plus équitable justice semble avoir présidé à ce partage. Le cœur battait peut-être aux héritiers en tirant le numéro du lot qui allait leur échoir; ils n'en restèrent pas moins unis et amis après la mort de leurs parents. Nous les voyons voisiner fréquemment, à l'occasion de tous les événements de famille.

Le 16 avril précédent, Grapperon, marchand à Château-Landon, avait déjà expertisé les meubles et effets appartenant personnellement à la défunte dame Séguier. L'inventaire s'éleva à la somme de 3.322 livres. La garde-robe fut estimée 30 livres! Elle se composait :

D'une robe d'indienne, d'une autre en drap de chipre, d'un jupon de satin piqué et d'un autre en indienne.

---

1. Cette famille Bertrand était depuis longtemps en bons rapports avec les seigneurs de Courtempierre. « Le 30 août 1649, fut baptisé en l'église » de *Monsieur* saint Tugual, de la ville forte de Château-Landon, par » Michelet, *prieur-curé*, Alexandre Bertrand, fils de noble homme, maistre » Estienne Bertrand, conseiller et advocat du Roy au Grenier à sel de » Nemours, et d'honneste femme *damme* Philippe Yves. Le *parin quil la* » *nommé Alexand* de Lalande, escuier, seigneur de Courtempierre, en pré- » sence de *damme* Marie Yves ».

En revanche, la douairière possédait beaucoup de draps, nappes, serviettes, etc., et 24 vaches mises à bail chez les cultivateurs des environs et estimées ensemble 522 livres.

Les liens de parenté et d'amitié n'empêchaient pas Mre Le Charron de revendiquer ses bénéfices de suzerain. Le 4 août 1742, Jean-Louis Séguier lui offrit :

Foy, hommage, aveu, dénombrement de la seigneurie de Courtempierre avec tous droits féodaux, profit de quint et requint, relief, rapchat, etc.

Nous regrettons de ne pas trouver l'indication de la somme payée; il eut été curieux de la comparer avec les exigences du fisc de la *Troisième République* en matière de mutation.

Le 6 juin 1743, Nicolas Salverre et Marie-Constance Séguier eurent un fils, Nicolas, dont le parrain fut Claude Salverre, écuyer de la Grande-Écurie du Roy.

Le 9 mars 1744, Nicolas Salverre, après sept années de mariage, mourut à l'âge de trente-quatre ans, au château de la Mothe-d'Arçon, et fut enseveli dans la chapelle de Notre-Dame en l'église de Vicq (Bourbonnais).

Le 12 avril suivant, sa veuve mit au monde un fils, Louis-François Salverre, qui fut baptisé le même jour dans l'église de Vicq. Le parrain était Jean-Louis Séguier, grand-père maternel, et la marraine, Jeanne-Françoise Montsourry de la Mothe, grand-mère paternelle.

Mme veuve Salverre épousa, le 30 juin 1750 :

Avec dispense, obtenue en cours de Rome, de l'empêchement du deuxième degré de consanguinité, Louis de Mousselard, capitaine dans le régiment de Vermandois, chevalier de l'ordre militaire de Saint-Louis, fils de David de Mousselard, seigneur de Maisonrouge, et de dame Marie-Anne Séguier. En faveur de ce mariage les sieur et dame de Maisonrouge donnent à leur fils la terre et seigneurie de Jallemain (qui rentrait ainsi dans le domaine de Courtempierre, dont elle avait été distraite lors du partage fait le 1er mai 1742 par les héritiers Séguier), sous l'estimation de 24.000 livres.

Il a été convenu que, sur les revenus de ladite terre, le sieur de Maisonrouge retiendra la somme de 200 livres par an jusqu'à ce que le futur époux ait fait le remboursement d'une somme de 4.000 livres due au sieur Guérin, seigneur de Corbeilles, et au sieur de Chanvalin, d'Orléans, empruntée pour l'*acquisition de la compagnie* dudit futur.

Les droits de l'épouse consistent en 1.000 livres de rentes dues à ladite dame par ses père et mère. Plus en une somme mobilière de 10.000 livres due à la dame par les enfants mineurs d'elle et du sieur de Salverre. Plus en 2.500 livres de douaire viager dû à la dame par lesdits mineurs.

A été aussi convenu qu'en cas que les époux trouvent bon de demeurer chez le sieur et la dame Séguier, ceux-ci s'obligent les nourrir, loger et chauffer, eux et leurs domestiques et chevaux, pour la somme de 1.500 livres par an.

L'époux *doue* l'épouse de 600 livres de douaire viager en cas qu'elle lui survive, etc.

Le second mariage de Marie-Constance Séguier était moins brillant que le premier. Les chiffres du contrat nous montrent avec quelle économie la noblesse campagnarde d'alors était obligée d'équilibrer son budget.

Jean-Louis Séguier de la Verrière mourut le 21 juillet 1759 :

En présence de Catherine Hébert, son épouse — de Marie Constance de Mousselard, sa fille — de Marie-Anne Séguier épouse de David de Mousselard — d'Angélique Séguier, veuve de Voisines, et de Louise Séguier, veuve Davisson, ses sœurs — de David de Mousselard, son beau-frère — de Louis de Mousselard, son gendre.

Les 11 septembre et 6 octobre suivants, dame Claire Noret, femme de Claude Bazin, maître de pension à Montargis, maîtresse estimataire de la ville dudit Montargis, procédait à l'inventaire des meubles, effets mobiliers, dettes actives et passives composant la communauté qui avait existé entre le défunt et sa veuve. Cet inventaire (dont nous ne donnons qu'un extrait) témoigne de la simplicité qui régnait au siècle dernier dans le mobilier des seigneurs châtelains. Le luxe et la misère s'y côtoyaient :

Dans le cabinet en entrant : Une mauvaise tanture de tapisserie ancienne, une portière, une fontaine et sa cuvette de cuivre rouge, un bas de buffet à deux battans de bois, estimés ensemble. . . . . 30 l.

Dans la chambre attenant : 9 aulnes de tapisserie et *3 aulnes de pareille tapisserie étant à l'église,* de haute lisse, un lit, un saufat, une housse de serge jeaune, un secrétaire, estimés ensemble. . . . . 82 l.

Dans le vestibule : Une pendule à pois, une table de marbre, une table à toilette, 12 chaises de bois daune. . . . . . ?

Dans le sallon de compagnie : Un trumeau à la cheminée en deux morceaux, une *tie* au dessus et deux bras, un autre trumeau entre deux croisée, étant de trois morceaux, 2 table de marbre en console avec leur pied de bois, 6 fauteuille et 2 bergères de tapisserie et un vieux saufa, 6 aunes de tapisserie à bande et une portière avec sa tringle, 4 vieilles tables à cadrille et piquet, 4 encoignures et un lustre, estimés ensemble . . . . 316 l.

Dans la chambre du pavillon en bas : un vieux écran de tapisserie, un lit, 2 bonne-grâce, le dossier, le fond, pente, souspente, courtepointe, sous-bassements, le tout de damas, estimés . . . . 150 l.

2 fauteuille et 2 chaisses, deux miroir, 9 aunes de tapisserie verdurs. . . . . 45 l.

(Ci-après les estimations manquent.)

Dans la chambre de la niche : un trumeau et 2 bras, 4 chaises de tapisserie, etc.

Dans la première chambre haute sur l'escalier, aux enfants : 2 bonne-grâce de serge jeaune et les dedans du lit de taffetas piqué, 2 ousse de serge brune.

Dans la grande chambre du pavillon en haut : 7 fauteuille de tapisserie, 2 chaisse de paille garnie de leur cossin de toile à fleurs, un paravant, un saufa, une comode, un petit foyer.

Dans la première chambre du coridore : 3 fauteuille de tapisserie, 5 chaisse d'étoffe, une comode parquetée ancienne, une table, un tapis verre, un miroir de toilette, 7 aunes de tapisserie d'haute lisse, le tout très anciens.

Dans la seconde chambre du coridor : 2 bonne grâce et les dedans du lit en damas verre, 4 fauteuille de damas, un autre de tapisserie, 2 pièces de tapisserie contenant 6 aunes d'aubusson, un miroir, une chaisse de comodité, une table, 2 bras de cheminée.

Dans la troisième chambre du coridor : 4 aunes de tapisserie de verdure.

Dans l'antichambre des petits appartements où est décédé le sieur Séguier : 2 vieux fauteuille de tapisserie, une table couverte d'un tapis vert.

Dans la chambre desdits petits appartements : un lit, 2 vieilles chaise sans couverture, une bergère de paille, une console et une table de marbre, un miroir de toilette.

Dans le cabinet desdits petits appartements : une tanture de tapisserie à bande, une comode, une petite table à écrire, un fauteuille et 3 chaisse de tapisserie, etc. [1]

---

1. Nous voulons croire que *le maître de pension* Bazin ne s'était pas donné grand'peine pour enseigner l'orthographe à son épouse.

Ici venait l'inventaire d'un pied-à-terre et d'une vinée sis à Ormetrou, paroisse de Beaune-la-Rolande. L'estimation du mobilier qui les garnissait n'était que d'une centaine de livres. En résumé, la prisée totale s'élevait à *2.155 livres, 8 sols*.

Dettes actives : Néant.

Dettes passives : Elles montaient à 8.050 livres, 1 sol, 3 deniers. Parmi ces dettes on trouve :

Plus à Gaudin et sa femme, anciens domestiques, pour restant de leurs gages . . . . 466 l.

Au notaire soussigné, tant pour ses honoraires de 90 jours et demi qu'il est venu et a passés exprès au château à faire les comtes des censitaires et leur faire payer leurs censives, différentes recherches et examens qu'il a faits de titres de la seigneurie de Courtempierre, à compter du mois de janvier 1748, jusqu'au mois d'août présente année, que pour différentes petites affaires qu'il a faites comme notaire, *encre et plumes* qu'il a fourny à feu ledit sieur Séguier et à Mre de Sallever, la some de . . . . 573 l., 10 s.

Le seigneur de Courtempierre payait, on le voit, assez inexactement ses domestiques et son notaire.

En présence des résultats de l'inventaire, on apprendra sans étonnement que le 15 octobre, devant maître Chartrain, notaire à Château-Landon, la veuve de messire Jean-Louis Séguier renonçait au bénéfice de la communauté « pour luy être plus oné-» reuse que profitable. »

M. et Mme *Louis de Mousselard* devinrent alors propriétaires de Courtempierre. Ils eurent *dix* enfants en moins de *treize* ans. Parmi les parrains de cette nombreuse progéniture, citons :

Gabriel Ozon de Maindreau, officier de Mgr le duc d'Orléans, seigneur de la Chapelle-Saint-Sépulcre (7 septembre 1754).

Claude-Urbain Le Charron, seigneur de Palley, capitaine de cavalerie, chevalier de Saint-Louis (18 septembre 1755).

Louis, comte de Sampigny, mousquetaire noir (3 septembre 1759).

François Salverre, seigneur de la Mothe d'Arçon, de la Tour du Lhut, écuyer, page du Roy, frère de mère du baptisé (21 mai 1762).

Pour le baptême du dixième et dernier enfant (7 janvier 1764), on choisit comme parrain :

Jean-Baptiste, domestique au château, et comme marraine, Marie Houy, domestique.

Avait-on épuisé la bonne volonté de tous les seigneurs et châtelaines des environs?

Nous trouvons, à la date du 3o avril 1765, une peinture de mœurs rurales qui nous paraît assez curieuse :

Cejourd'huy, devant nous, Philippe-Claude Mesnager, seigneur de Maisonrouge, prévost, juge ordinaire civil et criminel et de police de la prévosté de Courtempierre, est comparu le procureur fiscal de ce siège. Lequel nous a remontré qu'il lui a été fait plainte par la dame de Courtempierre que presque tous les particuliers habitants de la paroisse ont plusieurs chiens qui courent et vaguent par les champs, détruisant dans le temps les œufs et aires des perdrix et le gibier, et endommagent les grains, même les fruits de vignes. Pourquoi, ledit procureur fiscal requiert qu'il nous plaise faire deffenses à tous d'avoir aucuns chiens qu'ils n'aient un billot au col de la longueur de huit pouces et cinq de grosseur; qu'il soit fait deffenses au berger conduisant un troupeau de cent bestes d'en avoir plus de deux, et à ceux qui en conduisent plus grande quantité plus de trois, et aux poulaillers plus d'un : le tout à peine de 10 livres damande contre chaque contrevenant, etc.

Ce règlement fut publié par Jacques, huissier audiencier à Château-Landon, le 19 mai suivant, à 7 heures du matin, devant la porte de l'église de Sceaux; à 11 heures, devant la porte de l'église de Courtempierre; à trois heures de l'après-midi, devant la porte de l'église de Mondreville :

Les paroissiens et autres sortant d'ycelles en grand nombre, nous leur avons à haute, intelligible voix et cri public signiffié, publié, dûment annoncé et fait lecture de *mots après autres* dudit acte. Après quoi nous avons, en présence de la plus grande et saine partie desdits paroissiens, mis et apposé avec clous copie en entier dudit règlement de police contre la grande porte et principale entrée de l'église paroissiale.

Malgré cette imposante mise en scène, la police dut réitérer ses proclamations le 30 avril 1767.

Mme de Mousselard luttait courageusement contre l'indiscrétion publique. Le 16 septembre 1773 :

Elle remontre à M. le prévost de Courtempierre qu'au mépris de son droit de chasse dans toute l'étendue de ses fiefs et seigneuries, certains *quidams*, à elle inconnus, ne cessent depuis six semaines d'y aller à la chasse, armés de fusils, de bâtons, et suivis de chiens, traversant même les bleds noirs et autres grains. Et, comme une entreprise de cette nature est des plus répréhensibles, il vous plaise donner acte à la suppliante de la plainte qu'elle vous rend et lui promettre de faire informer, etc.

Ce fut sans doute pour élever et établir plus facilement leur nombreuse descendance que M. et Mme de Mousselard se déterminèrent à vendre Courtempierre. Cette seigneurie sortit donc de la famille qui l'avait, sans interruption, possédée depuis l'acquisition faite par Jacques Amyot en 1585[1].

Le nouveau propriétaire se nommait *Jean Corbin Duplessis*, chef de Fruiterie du Roy, domicilié à Paris, Vieille rue du Temple, paroisse Saint-Jean-en-Grève. Le contrat, passé le 27 avril 1775, n'existe point dans nos archives.

Le 23 juin 1776, on baptisait à Courtempierre « Marie-Louise-Cléophée Corbin, fille de messire » Jean Corbin et de dame Anne-Louise Balzac, son » épouse. »

Le 11 février 1778, avait lieu un fait unique dans les fastes de la paroisse. Une négresse de dix-sept ans, bengalienne de nation, se convertissait au catholicisme et était baptisée par le curé Dufresneau.

Sa maîtresse, Mme Corbin, lui servit de marraine.

Jean Corbin avait trop présumé de l'élasticité de ses finances. Débiteur de 27.000 livres envers le sieur de Marigner et de pareille somme envers la vicomtesse Dagon, il dut, harcelé par ses créanciers, revendre Courtempierre le 21 avril 1779, après quatre années de possession.

L'acquéreur fut « haut et puissant seigneur » *Charles-Joseph, comte du Belloy* :

Chevalier de l'ordre de Saint-Lazare, ancien mousquetaire du Roy en sa première compagnie, seigneur d'Offine, Prémont,

---

1. La famille de Mousselard s'installa rue du Four-Dieu, à Montargis, et nous la perdrons de vue, bien que son nom se retrouve pendant longtemps encore dans la ville et les environs. Elle s'est éteinte à Nemours, il y a peu d'années, en la personne de Mlle de Rivet, petite-fille de Louis-Urbain de Mousselard, fils de Marie-Constance Séguier de la Verrière.

Ametz, Ricommier et autres lieux, demeurant à Paris, Cul-
de-Sac Saint-Thomas-du-Louvre, paroisse Saint-Germain-
l'Auxerrois.

Il achetait :

La seigneurie de Courtempierre, les biens et héritages dé-
signés et les meubles meublants, *ustensiles* et effets mobiliers,
moyennant la somme de 120.000 livres, francs deniers.

Voici, en abrégé, la description de la seigneurie,
telle qu'elle se comportait en 1779. On verra qu'elle
avait beaucoup déchu depuis le contrat d'acquisition
passé en 1585 par l'évêque d'Auxerre :

La seigneurie de Courtempierre consiste en château, par-
terre, jardin, colombier, basse-cour, environ 100 arpents de
terre, 7 arpents de pré, 17 arpents de bois d'aulne, 8 arpents
de rouche. Droit de pêche et de rivière. Droits honorifiques
de jeu de quilles et de bâton et du taureau banal. Haute,
moyenne et basse Justice, droits de champart, cens, rentes
seigneuriales tant en argent que chapons, poulets, blé, avoine
et orge.

Plus : 1º les fiefs de la Brosse, Vatrou et de la Rivière, en la
paroisse de Sceaux, consistant en cens et rente comme ci-
dessus.

2º Les fiefs de Grassot et de Longueau, en la paroisse de
Courtempierre, consistant en ferme, terres, domaine.

3º Le fief de la Mazure-des-Champs, en la paroisse de
Treilles, consistant en rente comme ci-dessus.

4º 120 livres de rente foncière sur le moulin de Chollet, en la
paroisse de Courtempierre.

5º 3 livres en argent et 2 poulets de rente dus par Delanchère
à cause de sa terre de 'Treilles'.

---

1. Rappelons que les seigneurs de Treilles payaient cette redevance
depuis 1688 pour avoir le droit de « porter ou envoyer porter le bâton au
jeu de quilles » le jour de saint Fiacre, patron de leur paroisse (voir p. 34).

Sur la somme reçue par les sieur et dame Corbin, il y en a, savoir :

43.000 livres qui relèvent de M^r Le Charron, à cause de sa seigneurie de Palley.

7.865, de Mme Davisson, à cause de sa seigneurie de Nonville.

12.100, de Mr Lambert, à cause de sa seigneurie de Villoiseau.

21.575, de M^l de Mousselard, à cause de sa seigneurie de Jallemain.

17.440, de M^r d'Héricourt, à cause de sa seigneurie d'Obsonville.

8.020, de Chollet et de Treilles.

Total *110.000* livres.

Les droits de centième denier et huit sols pour livre de *lods* et vente, ceux de quint et tous autres quelconques seront à la charge des sieur et dame Corbin.

Il n'est plus question des biens de Morveau, Moulon, Chapelon, Mignerettes, La Porte, Gazzon, Bréau, Beaumont, Dollibon, Jallemain, Ormetrou, Panneton, etc., non plus que des Moulins de la Ville. César Séguier avait partagé plusieurs de ses propriétés entre ses filles au moment de leur mariage, et les de Mousselard en avaient vendu d'autres à des paysans ou à des châtelains du voisinage.

Le 11 mai 1782, M^r Le Charron reçoit 8.600 livres pour droits de quint qui lui sont dus par le comte du Belloy et en donne quittance à Mr Bouhébent, homme d'affaires, bourgeois de Paris, y demeurant, rue Beautreillis, paroisse Saint-Paul.

Le bon temps des saisies féodales, des foy et hommage, des aveux est déjà bien loin, et le pittoresque féodal perd ici tous ses droits.

M. du Belloy habita fort peu Courtempierre et s'en dégoûta bien vite. Son nom ne figure pas une seule fois sur les registres paroissiaux et, onze ans après son acquisition, *le 17 juin 1789*, il revendit sa propriété à M. *Joseph Parfait Amyot* :

Chevalier de Saint-Louis, chef d'escadrons en retraite, et à dame Renée-Catherine-Françoise Binet, son épouse.

Joseph Amyot était arrière-petit-neveu du Grand-Aumônier; le nom de *Parfait* était celui de son grand-père paternel et avait été joint à celui d'Amyot lorsqu'on réunit les armes des deux familles. Les Amyot de cette branche étaient toujours restés en bonnes relations avec ceux de Courtempierre, et ils profitèrent d'une occasion favorable pour faire rentrer cet ancien bien dans leur famille[1].

L'époque n'était pas favorable pour devenir « Nouveau seigneur de village ». La tourmente révolutionnaire n'a laissé aucun souvenir sanglant dans le pays, mais il est bien évident que les récoltes se vendaient mal et que les vassaux payaient peu. Nous en trouvons la preuve dans plusieurs pièces de nos archives ayant trait à des poursuites judiciaires.

L'acte suivant montre que le *chevalier Amyot*, comme on l'appelle encore dans notre contrée, cherchait à battre monnaie avec sa propriété :

Le 8 juin 1790, Nous, Paul-Jacques Le Mercyer de Chezy, ancien commissaire généalogiste de la Cour, Conseiller du Roy, et Marie Lambert, dame de Linais, mon épouse, d'une part.

---

1. Le 16 mars 1787, Joseph Amyot avait déjà acquis le château de Treilles, situé à une lieue de celui de Courtempierre.

Et Joseph Parfait Amyot, demeurant à Paris, rue Chaussée-des-Minimes, paroisse Saint-Paul[1], d'autre part.

Sommes convenus ensemble :

Qu'Amyot donne à loyer pour deux années le château de Courtempierre, consistant en un corps de logis avec deux pavillons, dont un quarré et l'autre rond, ayant au total huit appartements de maîtres, plus une cuisine neuve attenant le château, plus un fournil à côté, plus une autre très grande cuisine à côté, plus une écurie de six chevaux, plus un colombier placé dans le potager, plus le potager haut et bas bordé par la rivière. Plus, dans l'avant-cour, un grand bâtiment servant de remises, plus la jouissance du parc et la coupe des foins, plus la chasse sur tout le domaine, ainsi que la pêche, sans pouvoir demander aucune indemnité dans le cas où elles seraient restreintes par les *décrets* et généralement tous les *droits*, *prérogatives*, *non supprimés*, qui lui appartiennent.

Le bail commencera le 8 juillet prochain, jour auquel lesdits sieur et dame de Chezy s'obligent de payer la somme de 600 livres à Paris, au menuisier qui a fait des croisées neuves à Courtempierre. Savoir : 4 grandes croisées pour le salon avec leurs persiennes et contrevents[2]. Plus une grande porte en contrevent et à deux vantaux pour la porte d'entrée[3]. Plus une persienne pour la croisée de la salle-à-manger et une pour la croisée du pavillon[4]. Les grands carreaux tous taillés à verre de Bohême.

Mr de Chezy les fera ferrer, peindre et placer à ses dépens.

Dans un bail passé entre M. Amyot et François Rabier, fermier du fief de Longueau, le 13 septembre 1790, il est stipulé :

Que, si les *impositions* qui seront mises pendant le cours dudit bail, même en remplacement de *dîmes* ou autres droits, sont

---

1. La maison appartient encore à la famille Amyot.
2. Elles ont subsisté telles quelles jusqu'en 1887.
3. Elle existe encore en 1889.
4.   Idem.

trop onéreuses pour le fermier, il sera libre de quitter l'exploitation en avertissant M. Amyot six mois d'avance.

Il paraît que les paysans gâtinais se méfiaient de la main paternelle du gouvernement de la République et qu'ils n'avaient pas tort, ce dont fait foi la pièce suivante :

Aujourd'hui, 30 septembre 1793, l'an deuxième de la République, à la requête de François Rabier, fermier à Longueau, j'ay, Jacques, premier huissier audiencier de la *ci-devant prévôté* de Château-Landon, reçu et immatriculé au *ci-devant* bailliage de Nemours, duquel relevait *naguère* la paroisse de Courtempierre, et *pourvu de certificat de civisme*, soussigné : Signifie et notifie au *citoyen* Amyot, propriétaire de ladite ferme de Longueau, que ledit Rabier n'entendait jouir que jusqu'au 1er avril prochain de ladite ferme.

Le chevalier Amyot étrenna le titre de *Maire de Courtempierre* : il le conserva de 1790 à 1827, c'est-à-dire jusqu'à sa mort.

En 1793, Dupleix, le curé, fut nommé *officier public*. Faut-il en conclure qu'il avait consenti à s'assermenter'? Rocheboué, cultivateur, devint *membre du Conseil général de Courtempierre*, et Yves Pepin, *agent municipal*. Ces titres pompeux devaient singulièrement sonner aux oreilles des villageois.

D'une autre part, les registres paroissiaux, tenus avec beaucoup de fantaisie par les curés de Courtempierre, firent place aux actes de l'état civil, si corrects dans leur exactitude, mais si dépourvus de

---

1. Voir la note, page 33.

détails accessoires, quelque intéressants qu'ils puissent être.

M. et Mme Parfait Amyot eurent six enfants :

1° Amélie, née à Moyencourt (Picardie), le 8 juillet 1788. Elle mourut en bas âge.

2° Françoise-Gabrielle, née au château de Treilles, le 19 décembre 1789. Elle mourut sans postérité.

3° Aglaé-Marie-Joséphine, née à Treilles, le 19 juillet 1791, mariée à M. Cuilhiat de Coreil, officier de cavalerie, le 12 mai 1813. Elle a laissé une descendance.

4° Édouard, né à Moyencourt (Picardie), le 14 juillet 1795. Officier de cavalerie, chevalier de la Légion d'honneur, maire de la ville de Nesle (Somme), épousa Olympe de Witasse de Fontaine, au château de Fontaine-lez-Cappy, près Péronne (Somme). Il décéda le 20 décembre 1859, au château de Fontaine, laissant trois enfants :

Charlotte-Mathilde, mariée en 1861 au baron de Ferussac, décédé général en 1871.

Raoul-Émeric, officier d'infanterie, chevalier de la Légion d'honneur, marié à Louise-Noémi de Thomas de Labarthe.

Jeanne-Marie.

5° Victoire-Clarisse, née à Courtempierre, le 19 mars 1798. Elle épousa M. Lepicard de Formigny et a laissé une descendance.

6° Victor, né à Courtempierre, le 27 juillet 1801. Il y fut inhumé le 2 avril 1802.

La difficulté des temps, des échanges désavantageux, de nombreux procès avaient fortement écorné le domaine de Courtempierre, lorsque M. Amyot en vendit la nue propriété à Mᵉ *Salmon*, notaire à Corbeilles-en-Gâtinais. L'acte est du *14 avril 1820* et le prix de 20.000 francs payés comptant. Le domaine ne comprenait plus :

Qu'un château, bâtiments en dépendant, colombier, jardin, terres, bois, prés et rouches, la ferme du Désert[1] et 46 hectares de terre en dehors du parc enclos.

Mᵐᵉ Parfait Amyot mourut à Nesle, le 9 décembre 1825. M. Parfait Amyot mourut à Courtempierre le 15 août 1827; sa tombe se voit encore dans le cimetière.

L'acte de décès porte la signature de :

Constant Dupéré, prêtre desservant, curé de la commune de Sceaux, et de Laurent-Éléonore Doncœur, officier de la Légion d'honneur, chef d'escadrons en retraite, *demeurant au château de Courtempierre.*

En effet, M. Doncœur louait, depuis quelques années, la partie occidentale du château, et sa fille, Mᵐᵉ d'Etchéverry, aime à venir de temps à autre y retrouver ses souvenirs d'enfance.

Maître Salmon resta propriétaire de Courtempierre du 15 août 1827 au 23 octobre 1842 et ne l'habita que très rarement.

Il l'échangea contre une maison située à Paris, passage Tivoli, 17, appartenant à MM. *François Micholle de Welle*, ancien conservateur des hypothèques, chevalier de la Croix-de-Fer, originaire de

---

1. Elle était déjà démolie; les matériaux avaient servi à la clôture du parc. Le potager actuel occupe son emplacement.

Nivelle (Belgique), et *Gustave-Marie-Achille Michotte de Welle*, son fils.

La vieille seigneurie ne contenait plus alors que 56 hectares de terres, prés ou bois.

M. Michotte père mourut à Bruxelles en 1853, et M. Achille Michotte resta seul propriétaire du domaine qu'il augmenta, en 1857, des fermes de la Cayennerie et de Franchambault, situées dans le marais de Corbeilles, à 3 kilomètres du château, et contenant à elles deux 50 hectares de terre, environ.

M. Achille Michotte épousa Mlle Flore Corbisier de Méaulsart, née à Bruxelles. Ils eurent deux fils, Georges et Maurice.

M. Michotte transforma avec beaucoup de goût le parc en un vaste jardin anglais. Les fossés devinrent des prairies vallonnées, les communs furent reculés et le colombier, entouré d'un massif d'arbres d'essences diverses, porte encore témoignage de l'ancienne grandeur seigneuriale.

Le 20 novembre 1870 fut un jour cruel pour les habitants de Courtempierre. L'invasion allemande atteignit leur paisible village. Les Saxons d'abord, puis quinze jours après les Poméraniens, de passage pour se rendre à Orléans, exigèrent brutalement une hospitalité coûteuse et de fortes contributions de vivres. Après la signature de l'armistice, au mois de mars 1871, d'autres troupes traversèrent le village pour retourner en Allemagne. Le château eut le triste honneur d'héberger les officiers ennemis. Les dégâts matériels n'eurent toutefois qu'une importance relativement médiocre, grâce au zèle de fidèles serviteurs que la famille Michotte avait laissés à Courtempierre, en se retirant elle-même en Belgique au début des hostilités.

La guerre d'abord, la Commune ensuite et, pour finir, des difficultés personnelles avec l'administration de la République déterminèrent M. et Mme Michotte à rentrer dans leur pays natal sans esprit de retour. Ils vendirent Courtempierre, le 25 juillet 1872, à M. *Richard-Charles Whettnall*, anglais d'origine, mais né à Saint-Germain-en-Laye. Celui-ci vécut presque constamment dans sa propriété; il embellit le château, transforma les communs, améliora la culture en y apportant son expérience d'élève de l'école de Grignon. Il sut se faire aimer et estimer par tous les habitants du pays. Il y mourut subitement le 24 février 1883, à l'âge de 39 ans, et repose dans le cimetière du village, non loin du dernier Amyot qui ait possédé le château de Courtempierre.

Sa veuve, née *Claire Lefébure de Fourcy* et ses quatre jeunes enfants conservent une propriété qui leur est chère et dans laquelle ils espèrent tous terminer leurs jours.

C. Whettnall.

Nous avons, (p. 4), signalé dans nos environs quelques vestiges des temps préhistoriques. Le Dr Bazin, maire de Corbeilles-du-Gâtinais, nous apprend que les haches et pointes de flèches trouvées à Chênery (4 kil. de Courtempierre) étaient *fabriquées sur place*, comme en témoignent les fragments de silex bruts mêlés aux armes complètement achevées.

TABLEAU CHRONOLOGIQUE

DES

SEIGNEURS & PROPRIÉTAIRES

DU

Domaine de Courtempierre

I. 1357. Étienne DE FERRANT

II. ? DE FERRANT

III. ? DE FERRANT

IV. ? DE FERRANT

V. 1472. Ameline DE FERRANT
ép. Guyot DE SOUPPLAINVILLE

VI. 1511. Guillaume de SOUPPLAINVILLE, † 1529

VII. 1529. Catherine DE SOUPPLAINVILLE
ép. Jean DU MOUSTIER, † 1548

Pierre-Jean du Moustier

VIII. 1548. Louis DU MOUSTIER
ép. Adrienne de la Chapelle

IX. Pierre DU MOUSTIER, † 1571
ép. Antoinette de la Vallée

X. 1571. Quatre enfants DU MOUSTIER,
† mineurs

XI. 1573. Catherine DU MOUSTIER
ép. 1o Galéas de St-SEVRIN 2o Claude DE L'Is
comte de GAÏASSE   DE MARIVAULX

vendent à

XII. 1585. Jacques AMYOT, év. d'Auxerre, †

XIII. 1593. Jean AMYOT (frère de Jacques), † 1597
ép. Marguerite Guérin

XIV. 1594. Nicolas AMYOT, † 1594
ép. Anne de Fougerets

XV. 1597. Jacques AMYOT, † 1639
sans postérité

Jean
seigneur
honoraire
de Courtempierre

XVI. 1622. Anne AMYOT, † 1663
ép. Alexandre DE LALANDE,
† 1669

Étienn
sans post

1663. Alexandre DE LALANDE, † 1692   Jeanne.   Élisabeth.   Charles.   Anne.   Jean
ép. Jeanne-Élisabeth Moreau

XVIII. 1692. Marie-Anne DE LALANDE, † 1742
ép. César-Louis SÉGUIER DE LA VERRIÈRE, † 1721

ne.   XIX. 1721. Jean-Louis SÉGUIER   Angéliq.   Louise.   Alex.   Aug.   Pierre
DE LA VERRIÈRE, † 1759
ép. Marie-Cath.-Constance Hébert

XX. 1759. Marie-Constance SÉGUIER DE LA VERRIÈRE
ép. 1º Nicolas SALVERRE, † 1744   2º Louis DE MOUSSELARD

Nicolas-Louis-François   vendent à

XXI. 1775. Jean CORBIN DUPLESSIS
ép. Anne-Louise Balzac
vendent à

XXII. 1779. Charles-Joseph, comte DU BELLOY
vend à

XXIII. 1789. Joseph PARFAIT AMYOT, † 1827
ép. Renée-Cath.-Françoise Binet, † 1825
vendent à

XXIV. 1827. Charles-Louis SALMON
ép. Étiennette-Jeanne-Françoise Cartereau
vendent à

XXV. 1842. François, † 1853 et Achille MICHOTTE
ép. Flore Corbisier de Méaulsart
vendent à

XXVI. 1872. Richard-Charles WHETTNALL, † 1883
ép. Claire Lefébure de Fourcy

XXVII. 1883. Claire LEFÉBURE DE FOURCY
et Jean, André, Alice, Valentine WHETTNALL mineurs

INDEX ALPHABÉTIQUE

DES

NOMS CITÉS

A

ACHEVÉ D'IMPRIMER

LE 16 MARS 1889

Par M. E. BOURGES, imprimeur breveté

à

FONTAINEBLEAU